하늘길을 바라며

하늘길을 바라며

초판 1쇄 인쇄일 2018년 8월 25일
초판 1쇄 발행일 2018년 9월 1일

지은이 박성준
펴낸이 양옥매
디자인 임흥순
교 정 조준경

펴낸곳 도서출판 책과나무
출판등록 제2012-000376
주소 서울특별시 마포구 방울내로 79 이노빌딩 302호
대표전화 02.372.1537   팩스 02.372.1538
이메일 booknamu2007@naver.com
홈페이지 www.booknamu.com
ISBN 979-11-5776-613-0(03810)

이 도서의 국립중앙도서관 출판시도서목록(CIP)은 서지정보유통지원 시스템
홈페이지(http://seoji.nl.go.kr)와 국가자료공동목록시스템
(http://www.nl.go.kr/kolisnet)에서 이용하실 수 있습니다.
(CIP제어번호 : CIP2018026731)

박성준
산문집

하늘길을
바라며

————

박성준 지음

하늘길을 바라며

이 세상엔 사람마다 생각과 느낌과 길이 다르다.
얼마나 깨닫고 느끼고 바른 길 가느냐에 따라 다르다.
지식적인 길 가도록 힘쓰고 지혜를 높여 참된 길 가면 싶다.
하늘을 열며 걷는 산책길이면 싶다.

욕심을 버리고 자연을 닮은 평안을 누리는 것!
생각하고 느끼는 것이 새 길을 연다.
넓고 큰 생각을 지니고, 환한 길 가도록 힘쓰면 싶다.
그 길을 바라고 마음을 다하련다.
마음의 창을 열면 열수록, 곱고 편안한 행복한 길이요,
성실히 힘쓰고 노력하는 만큼 새 길이 열린다.
꿈을 품고, 진실을 말하고, 느낌을 전하길 원한다.

늘 새롭고 밝은 길 가면 좋겠다.

선하고 진실하고 깨끗하도록 힘쓰고 싶다.
참되고 밝고 깨끗한 길을 가고 싶다.
책을 만난 이들에게 느낌과 맑은 행복이 가득하기를 빈다.
좋은 생각과 편안한 삶, 기쁨과 즐거움이 넘치길 바란다.
느낌과 깨달음이 있어 밝아지면 싶다.
깨끗하고 아름답고 복된 길 가면 좋겠다.
진솔하고 선하고 바른 사람들 되면 싶다.
읽는 이여 느끼고 깨달으면 좋겠다.

2018년 9월

—

명상적이고 예술적이며 로맨틱한 것들을 그려 본다.
엉뚱하고 비현실적이라도 줄 깬 느낌을 생각해 본다.
열리는 만큼 풍성한 깨달음과 느낌을 틔우고,
기쁨과 행복을 안에 품고 싶다.
가만히, 천천히, 차분하게 명상에 잠기고 싶다
생각에 빠져 깨인 낭만을 묘사하고,
늘 진실하고 참된 길 가는 변화를 꿈꾸고 싶다.
편하고 맑고 아름다운 곳에 젖어들고 싶다.

1부 ____

값진
사랑을 두고

열린 마음 문

편하고 귀한 인연의 사랑만 놓고 언제나 밝은 길을 가고 싶다. 오직 하나님만 섬기며 복되게 살고 싶다. 몸과 마음이 자연으로 트인다. 곁에 계셔 더 밝게 살며, 웃게 되어 행복하며 그래서 가는 길이 즐겁고 기쁘다. 바른 길 가려 힘쓰며 편히 살련다. 귀하고 복되게 살련다.

이 마음에 빛이 돋도록 하나님을 바라며 하늘을 보고 싶다. 마음을 따뜻함으로 채우고 싶다. 안에 둔 생각을 열고 편히 얘기할 진실을 지니고 싶다. 인연 중에 밝고 고운 이들을 생각해 본다.

맑고 선한 삶을 살려 노력하며 정직함과 진실과 선함이 열리는 밝은 길을 가고 싶다. 성실한 삶에 힘과 빛을 더하는 삶들을 둔 이들도 많다. 그들을 통해 배워 밝고 좋은 것들을 지니련다. 새로운 느낌과 깨달음을 지니련다.

마음이 활짝 열린 사색의 길을 지니고 싶다. 넓고 깊고 환한 길을 가고 싶다. 편한 생각의 문을 열고 싶다. 밝은 기분으로 설 수 있는 바른 길을 가고 싶다.

편히 오가는 일상에 이르고 싶다. 세상일이 아무리 어렵고 힘들지라도 이겨 내며, 늘 편안한 쪽을 바라보는 새로운 마음을 열고 싶다. 오직 하나님만 바라며 선하고 진실하고 깨끗하게 살고 싶다.

근심·걱정·미움·다툼을 버린 편안한 맘으로 살고 싶다. 바르고 선한 마음이 통할 사람들은 값지고 아름답다. 남을 돋고 품으며 관심을 두는 이들이 그립다. 거짓 없이 진실하며, 배려와 관심이 넘

치는 사람을 그린다. 마음 편히 말하고 돕고 행하는 이들을 사랑한
다. 언제나 나도 그 길을 가고 싶다.

내 삶에 있어 자연의 원리가 얼마나 중요한가. 넉넉한 마음으로 편
안하게 자연의 길을 가고 싶다. 힘들고 어려워도 자연을 닮아 가고
싶다. 편한 마음, 자연스런 환경 속에 웃으며 살고 싶다.

하나님의 뜻을 따라 맑고 선한 길을 가며, 세상의 어둠이나 고통·
고난 없는 삶이면 싶다. 하나님은 살아 계시며 하나님을 사랑하는
자를 지키신다.

하나님이 함께하시는 삶! 그 안에서 바르고 성실하게 살며 늘 기뻐
하고 즐거워지고 싶다. 아무리 사소한 일이라도 하나님 뜻대로만
살면 싶다. 주님과 함께하면 좋겠다. 그럼으로 아무리 어렵고 힘들
어도, 고통·아픔도 들이키며 속히 잊고 버릴 수 있다면 좋겠다.

거짓 없이 살려 애쓰며, 선하고 깨끗하게 살아서 하나님을 체험하
고 기도하고 사랑하며 기쁨을 누리는 사람들! 꿈으로도, 실제적 인
도하심과 도우심을 알고 느낀다.

버릴 것은 버리고 편안하고 넉넉한 마음을 지니고 싶다. 남을 간섭
하거나 미워하는 일 없이, 배려하며, 웃으며 살고 싶다. 안에 넉
넉함을 지님으로 깊고 큰마음을 두어 힘겨울 땐 웃고 다독이며 밝
은 길 가도록 위로하고 싶다. 아파도 우는 일 없이 나를 바꿔 가고
싶다.

회개하면 늘 새로워지면 좋겠다. 모든 고난 고통을 버리고 편안한
마음을 지니고 싶다. 신실한 마음으로 하나님 가까이 살고 싶다.

가족 사랑

가족 사랑에 깊은 배려를 두고 싶다. 가족 사랑은 귀하고 아름다우며 가장 소중한 일이다. 지혜 없고 생각 없는 이들은 서로 싸우고 다투며 고난만 돋운다. 가족이 얼마나 소중하고 기쁘고 즐겁고 복된 행복을 둘 곳인지를 모르고, 싸우고 다투고 품지 못하는 이들도 있다.

회개, 봉사, 배려, 관심과 사랑! 깊은 정성으로 바른 길을 가야 한다. 주변의 부족함, 실수, 잘못도 다 감싸고 기쁨과 즐거움만 더함으로 아끼고 위로하고 사랑하며 평안과 행복을 누리도록 힘써야 한다.

사람은 완전할 수 없다. 하나님 말씀과 뜻을 배우고 알아서, 그 말씀과 뜻대로 살려 힘쓰며 선하고 깨끗한 길을 가야 한다. 난 그 삶 두려 노력하련다. 하나님 앞에 깨끗하고 맑고 선함으로 인하여 사랑을 받고 싶다. 생각과 마음과 지혜에 따라 하나님 말씀과 뜻대로 살면 좋겠다.

가족에게도 부정함 없이 긍정과 칭찬만 두고, 탁함보다 모든 것 다 아끼고 사랑하련다. 밝고 긍정적이며 희망적인 길 가련다.

내 부인도 소망 있는 삶 되게 높이련다. 곱게 품으련다. 나보다 귀하고 아름답고 참된 인물로 여기며 품으련다. 부부가 서로 간 이 정신으로 살면 더욱 귀하고 행복하고 즐겁다. 알고 깨닫고 감싸야겠다. 우린 서로를 아끼고 품고 사랑해야 한다.

스스로를 자세히 살펴보라! 가족은 서로를 위하여 애쓰는 일들이 아는 만큼 값지고 아름답다. 감사하라. 고마워하라. 무엇이나 감싸고 넓고도 큰마음 지니도록 힘써 노력하자. 이 정신을 두려 힘쓰련다.

늘 귀하고 아름답고 복된 길 가고 싶다. 늘 깨어 있어 남을 비방하거나 탓하거나 미워하지 않으련다. 오직 사랑하고 베풀고 즐거워하며 편안한 길 가련다. 하나님이 원하시는 바른 길 가련다.

다 알고 보고 듣고 사랑함 같이, 서로를 다 살핌 같이, 세세히 우릴 다 보고 알고 계시는 하나님! 우리의 말도 들으시고, 우리의 행함과 생각도 아신다. 그 하나님을 알므로 더욱 믿음 안에 바로 서고 싶다.

말씀과 뜻대로 살며 계명도 지키며, 정말 하나님께 인정받는 삶을 살면 싶다. 진실하고 성실하게 하나님 곁에 가고 싶다. 세상 그 무엇도 다 벗어나 하늘나라만 바라며 살련다. 언젠가는 끝날 내 인생! 바르고 깨끗한 삶은 참 중요하다.

* * *

하나님! 도와주옵소서.

자녀로서 부족함 없도록 지혜와 명철을 주옵소서. 선한 마음과 바른 정신을 두고, 온 가족이 늘 바른 길 가게 하소서! 깨끗하고 선하고 신실한 길 가게 하옵소서!

하나님께서 함께하시리라, 늘 믿고 살아 행복하고 편안하고 즐거운 삶 되길 원합니다. 하나님이 좋아하는 자녀 되도록 바른 삶과 정신과 마음 두길 바라며 참되게 힘쓰렵니다.

고운 사랑에 빠져들고 싶습니다. 가족들도 늘 이 길 가도록 도와주옵소서.

하나님은 살아 계신다

하나님이 초등학교 말쯤에 날 신앙의 길에 가게 하셨다. 12월 25일 크리스마스 성탄절에 교회엘 갔다. 빵과 깨끗한 음식이 주어진 날 처음으로 교회를 방문했다.

그 후 중학생이 되었을 때, 그 목사님이 그림이 필요하다며 날 그림 그리게 했다. 중학 선생님들이 내 시와 그림을 인정하신 효과였다. 신앙생활은 그렇게 시작되었다.

한동안 열성 없이 바보 같은 신앙이었으나 군 장교 생활 시절부터 체험의 신앙을 허락하셨다. 하나님께서 사랑하사 큰 체험 신앙을 지니게 하셨다. 맑고 밝고 깨끗하게 하나님 뜻과 말씀을 알아 가며 믿음의 길을 깨닫게 하셨다. 정말 값지고 복된 길이었다.

이제 그 길만 전진하려 힘쓰고 선하고 귀한 삶 살고 싶다. 하나님을 기쁘시게 할 지혜로운 삶을 살며 성령 충만하면 싶다. 하나님이 기뻐하실 참된 길만 가면 싶다. 추하고 악하고 험악한 죄악과 허물을 회개하고, 늘 기도하며 깨어 있는 삶을 살고 싶다.

하나님만 의지하며 살고 싶다. 오직 하나님 아버지 안에 살면서 언젠가 끝날 세상을 편히 살려 노력하고 싶다. 하나님 뜻대로 살려 힘쓰련다.

오늘 하루는 곧 나의 일생이다. 책 읽고 배우고 공부하며, 지식을 얻고 지혜를 높이고 싶다. 노력하고 힘쓰는 만큼 아름답다. 그냥 되는 일은 없다. 꼭 해야 할 일에 최선을 다하고 싶다.

하나님 보시기에 아름답게 오늘이 마지막 날인 양 세상의 추악함을 벗고 오직 하나님만 바라며 살련다. 말씀과 뜻대로 배우고 익혀 편안하게 살고 싶다. 복되게 살고 싶다. 아름답고 값지게 살고 싶다. 하나님이 만드신 바른 걸작품 되도록 하나님만 믿고, 밝고 선하고 깨끗하게 살도록 힘쓰련다.

그냥 되는 것은 없다. 넓고 크고 깊고, 넉넉하고 편하게 큰 생각을 둔 길 가련다. 남 같이 해서는 남 이상 될 수 없다. 날마다 새롭도록 주님만 의지하고 힘쓰며 살련다. 바르고 깨끗하며 선한 길 가려 힘쓰련다.

하나님은 교만, 거만과 악한 행실, 패역한 입을 싫어하신다. 겸손하게 살며 내가 낮고 부족한 인물임을 깨닫고 살련다. 선하고 맑고 깨끗한 인물 되어 겸손히 살고 싶다. 하나님 뜻대로 살려 힘쓰며 내가 얼마나 부족한 사람인지를 알고, 회개하고 추하지 않게 힘쓰련다. 죄 없도록 힘쓰련다.

날로 맑고 깨끗함을 얻도록 기도해야겠다. 오직 하나님만 섬기며 날로 맑고 깨끗함을 힘입고 싶다. 행복을 위해 규례와 법도를 지켜 행하며 바른 길 가면 싶다.

하나님께 사랑 받도록 힘쓰고 싶다. 추함과 악함 없도록 힘쓰면 좋겠다. 맑고 밝고 깨끗한 삶 되도록 힘쓰고 싶다. 하나님 보시기에 아름답도록 바르게 살며 좋겠다.

지혜의 근원인 하나님

신실한 믿음 안에 바른 길 가며 바르게 살고 싶다. 예수 그리스도 님을 깨달음으로 지혜와 명철과 지식이 온다 했다. 여기 보화가 있 다. 알고 그 길을 가야 한다.

하나님을 섬기고 경외함으로 하나님은 우리에게 은혜를 베푸시고 마음의 화평과 지혜를 돋우신다. 믿음으로 행함은 중요하다. 그러 므로 지혜롭도록 늘 지식과 명철을 구하련다. 배우고 느끼고 깨달 아 큰길가고 싶다.

성경 읽고 책 읽고 공부하며 살련다. 기도하며 총명과 선명함과 지 혜 주시길 빌련다. 하나님을 믿고 간구하며 힘쓰고, 기도하며 죄를 회개하며 살련다. 밝고 깨끗한 길 갈수록 행복하고 편안하리라. 선 한 길 가야겠다. 깨어 있어 겸손하고 순수하게 살려 힘쓰련다.

분노나 미움 다툼은 뼈를 썩게 한다. 인생이 추하고 악하고 어둡게 한다. 무엇이나 남을 미워하고 다투고 싸우기보다, 이해하고 감싸 고 도와 기쁨과 즐거움 주고 밝은 삶 열도록 힘쓰고 싶다.

편안한 길만 열리도록 모든 것을 초월한 큰맘을 열고 싶다. 지혜로 운 자는 결코 분함을 열지 않고 품지도 않는다. 다 벗어 버리고 남 의 잘못도 감싸며 사랑하는 길 간다.

말없이 웃고 싶다. 늘 깨어 있는 맑은 정신으로 살고 싶다. 음란과 부정과 사욕과 악한 정욕과 탐심을 버리고, 맑게 살아가며 하나님 보시기에 아름답도록 힘쓰고 싶다.

세상의 욕심에 빠지지 않고 돈에도 빠지지 않고, 지혜로운 이들과 동행하면 좋겠다. 그들에게 배우고, 바른 길 열려 힘씀으로 서로 간 큰 빛 발하도록 가족들과도 기쁘고 즐겁게 살고 싶다. 더럽고 추하고 악한 말은 입 밖에 열리지 않도록 힘쓰고, 깨끗하고 선한 생각만 두고 감사하며 살고 싶다.

바른 길 가며 기쁨과 즐거움 편안함만 누리고 싶다. 누구나 잘못된 언행과 행함이 있어도 품고, 말없이 살펴서 도우며, 기쁘고 밝은 길 되게 순박하고 겸손토록 힘쓰련다. 내가 행한 대로 심판하실 하나님을 늘 깨달아, 새기고 바른 길 가도록 힘쓰고 싶다.

참으로 지혜로운 사람은 자신을 살필 줄 알고, 하나님 뜻을 따라 항상 지혜롭도록 밝은 길을 가야만 한다. 선하고 밝고 깨끗한 길 가고 싶다. 그 길 가고 싶다.

하나님 말씀과 뜻대로 살았으면 싶다. 사람이 아는 일이 문제가 아니라, 벗과 수많은 사람들보다도 하나님이 날 알고 보고서 살피심을 망각치 않으련다. 하나님이 내 말, 행동, 생각까지도 알고 천사들과 인생길을 기록·정리함을 알련다. 내 모든 것을 살피심을 알련다.

거울에 내 몸이 비추이듯이 하나님이 우릴 아심도 섬세하고 확고하다. 다 보고 알고 계신다. 그러므로 믿음 안에서 복되고 귀하고 아름다운 삶을 살아서 온전한 믿음으로 살아감으로 천국 감을 허락하시면 싶다.

하나님께 자녀의 삶을 맡기고 언제나 죄악을 깊이 회개하며 기쁘고 즐겁게 살기만을 원한다. 선하고 신실한 삶 되도록, 깨끗하고 맑고 선한 길 가도록 지혜 주시면 좋겠다. 그 길 가도록 힘쓰고 싶다. 주 안에서 복된 삶 살고 싶다.

부부가 행복한 길 가도록

온 가족이 화목하게 살도록 서로 힘쓰며 가능하면 일이 편케 돕고 분담하며, 부부간, 자녀들과 대화도 많이 나눠야 한다.

일찍부터 어린 날에 지식과 지혜를 높이도록 힘씀으로 자기 인생은 자기가 크고 높게 세움을 알아야 한다. 크고 넓고 깊은 생각을 지니도록 교육함도 필요하며, 즐겁고 편안하고 순조로운 바른 길 가도록 가르쳐야 한다.

서로 돕고 배려하고 이해하며 아끼고 사랑하는 삶을 지녀야 한다. 미움, 다툼 시기가 있음은 자신의 부족함이요, 추함과 어리석음이요 죄악이다. 부부란 서로 간 부족함도 감싸고 돕고 사랑함으로 행복한 가정되게 힘써야 한다. 편안하고 즐겁도록 힘써야 한다.

인간은 언젠가는 세상을 떠날 인생이다. 그러므로 쓸데없는 세상 일에 내가 빠지기보다 모든 것을 다 벗어 버리고 가장 진실하고 친하게 지낼 수 있는 가족들인 부부와 자녀들을 아끼고 사랑해야 한다. 힘써 노력하며 기쁘고 즐겁게 살아야 한다. 긍정적이고 바른 길 가며 이해하고 배려해야 한다.

또한 대화가 부족함은 가정교육도 예절도 친근함도 부족한 것과 같다. 추하고 악하고 어리석은 일이 사람을 점령케 해선 안 된다. 맑고 깨끗하고 정겨운 분위기를 집에서 이어 감은 더욱 기쁨과 행복을 돋운다.

크고 밝은 길에 나아가지 못함은 아픔과 고난에 빠지게 한다. 늦게 귀가 시엔 미안한 마음을 지녀야 한다. 특히, 아이들은 어릴 때부터 부모의 뒷모습을 닮는다는 것을 알아, 바르고 깨끗하고 선하게 살아야 한다. 그리고 서로 간 칭찬을 많이 높여야 한다. 기쁨과 즐거움을 더하고 밝고 친한 정성을 전해야 한다.

어떻게 가정이 복되게 할 수 있을까? 공부하고 책 읽으며 지식과 지혜를 높여야 한다. 늘 밝은 정신 되도록 힘써야 한다. 새롭고 맑은 인물이 되는 것. 그 방법은 단 하나, 독서를 많이 하고 사람들에게서 배우고 바른 것들을 새롭게 느끼는 것이다.

지혜를 높여야 한다.

느낌과 동시에 그 분야에 발전을 위해 노력이 필요하다. 그래야 사랑을 받는다. 서로 간 사랑하려 힘쓴다. 사랑을 받지 못하는 이유는 고집이 너무나 세거나 무식하고 둔하기 때문이다. 관심과 배려가 부족하고 서로 돕지 못하기 때문이다. 겸손하고 순결하며 바른 길 가려 힘쓰면 싶다.

"오늘 왜 아이들만 들볶고 야단이야. 자기 할 일도 못하면서…."했다면, 이는아버지 권위를 추락시켜 아이들이 아버지를 떠나 말을 안 듣게 만드는 계기가 된다. 따라서 가정의 화목이 깨어지지 않도록 험담을 금해야 한다.

가정에서 집 안이나 방 안은 깨끗하게 청소·정리하고 언제나 깨끗한 분위기를 조성함이 중요하다. 아이들은 어릴 때부터 함께 하는 습관을 길들여야 한다. 특히, 자기 물건 정리하기는 노력케 하고 아이들은 부모의 뒷모습을 보고 배운다는 것을 기억해야 한다. 함께함을 유도함은 아이를 바르게 성장시키는 비결이 된다.

또한 생활에는 늘 유머를 두어야 한다. 그 관심과 노력이 결국은 자녀들을 귀하고 밝고 지혜로운 인물이 되게 한다. 이를 느끼고 알면 싶다. 사람은 감성적이다. 지성적이다. 기쁨을 주는 방법을 알게 함도 중요하다.

또한 아이들은 일찍부터 자기 인생은 자신이 만들어 감을 알게 해야 하며, 큰 자기의 생을 만들게 해야 한다. 일찍이 책을 읽는 습성을 만들고 공부하고 배우는 정신도 열어 지식이 충만하고 지혜가 풍성케 해야 한다.

늘 깨어 있어 부부간의 문제도 많이 생각해야 한다. 남편 품에 든다는 것은 꼭 성적 의미를 말함이 아니다. 속삭이는 시간을 누리자는 얘기다. 무엇이나 품고 감싸고 위로하며 사랑으로 충만해야 한다. 그 길 감이 중요하고 값지고 아름답다. 바르게 살며 지혜를 높이는 이들은 그 길을 간다.

언젠가는 떠날 세상. 오늘 하루하루 즐겁고 행복하고 편안토록 힘씀이 중요하다. 자기 일에 성실하며 정성 다하며 명랑하게 살아야 한다. 부부란 느끼고 깨달을수록 행복하고 즐겁고 편안한 삶이 된다.

남 앞에선 '애 아빠', '우리 집 주인', '우리 집 양반'(남편은 아내를 칭할 때 '내 집사람'), 어른들 앞에선 '제 남편', '지아비'('지아비'란 호칭은 남편이란 순우리말임)라 말해야 한다.

마음에 둔 약속은 반드시 지켜야 하고, 늦을 경우엔 꼭 알려 주고 서로 간 품고 받아 기쁘고 행복한 삶 되어야 한다. 남편은 아내를 사랑함에 최선을 다해야 한다. 잘못되고 부족한 것도 표하지 않고 감싸고 위로하고 도우며 밝은 길 가야 한다. 늘 밝은 길 가려 힘써야 한다.

깊은 감동과 사랑을 지니도록 힘쓰며 하나님께 기도하고 회개하며 감사를 드리련다. 하나님 사랑과 가족 사랑을 알리고, 깨어 있어 선하고 신실함만 바라며 가야 한다. 말씀과 뜻대로 살려 힘쓰는 믿음의 삶이 되어야 한다.

때론 믿는다 하면서도 너무나 강퍅한 마음도 있다. 내가 대표도, 주인도 아니면서 상대의 배려도, 깊이 생각함도 없이 그를 세움도 없이 나만 높아져 보이려는 교만함을 부려서는 안 된다. 부족하고 추하고 연약한 이들도 깊이 배려하고 아끼고 사랑하는 삶이어야 한다. 말없이 돕고 이해하며 감싸야 한다. 사람들이 섭섭해하면 마음의 강퍅함을 회개해야 한다.

당신이 내 안에 들어와 있음을 보니 당신은 내 마음을 가졌다. 나도 그대를 참 사랑하며 복되게 살고 싶다. 이 간절함은 무엇인가? 지혜롭고 깨끗한 삶. 언어를 바꾸고 행동을 변화시켜야 한다. 항상 선하고 온유하며 겸손함을 지니고 바른 길 가고 싶다. 그 길을 가련다. 언제나 깨어 있어 깨끗하고 순수하고 밝은 길을 가련다. 늘 하나님이 함께하시면 좋겠다. 허하고 추하지 않도록 지켜 주시면 좋겠다.

아름다운 나라를 위하여

국민들은 모두가 지혜 없는 싸움·다툼과 허망함보다, 단편적으로 어리석고 생각 없이 싸우고 다투기보다, 큰맘을 열어 가면 좋겠다. 한 지역에만 빠지고 한 지역만 높이려는 추하고 답답한 인간 정치나 개념 없이, 한 지역을 망가뜨리고 사람들을 죽이고 지역 비판만 높이려는 어리석음 없이 바른 길 가면 좋겠다.

지혜롭고 선한 사람들만 정치에 높이면 싶다. 넓고 큰 생각 두고 나라 전체를 사랑하고 평화로운 길 되게 크고 바른 정신을 두면 싶다.

남북한이 '독일' 같이 싸움 없이 순조롭게 통일되어 행복한 국가가 되길 원한다. 온 나라가 편안하고 행복하게 하면 좋겠다.

넓고 크고 깊고 곱게 생각하며 많은 것들을 개척하면 싶다. 언제나 잘못된 생각은 버리고 새롭고 밝은 길 가려 힘쓰면 좋겠다. 명철하고 지혜로운 생각으로 살며, 훗날 이 나라에 어려움이 발생치 않게 살면 싶다.

대학교만 나가게 만들 것이 아니라, 과거 일들 중 좋은 일을 살펴 돋우고 나라가 타국에 빠짐없이 기본적 일들을 편히 이루도록 힘쓰면 좋겠다.

언젠가는 농사짓고 바다 물품들 찾아내는 사람들이 없어질 수도 있다. 결국 타국에 의지하고 찾게 된다. 나라가 골고루 많은 것을 지녀 젊은이도 산들 바다나 논밭을 가꾸고 무슨 일이든 할 수 있도록 자연스럽게 편안한 길 가게 하면 좋겠다. 서상에 빠져 관심과 배려도 없이 사는 삶보다 큰 생각과 지혜를 두면 좋겠다.

관리자의 길 가는 이여! 나라의 앞날을 생각하소서. 언제나 새롭게 변하여 깨끗하고 맑고 행복한 나라 되게 하시고 남북이 싸움 없이 살며 자연스레 가까워져서 연합되면 좋겠다.

한 나라 되어 타국들을 이기기에 힘쓰는 큰길 가게 하소서. 무조건 금전적으로, 의미 없고 지혜 없이 높이려 하지 말고 나라를 위해 섬세한 국민들을 위해 국가를 도울 일들을 하면 좋겠다. 이들에게 금전적으로 기본을 고려하면 좋겠다.

잘못된 죄악들을 깨우고 힘쓰며, 맑고 깨끗하고 행복한 한 나라가 되도록 힘쓰면 좋겠다. 큰일을 행할 국가 인물로 나아가 정치하고 공무원 되고 법과 나랄 위해 행하고 일하는 이들은 사소하게 타투고 싸우기보다, 성실히 힘쓰고 발전되고 귀하고 아름답고 깨끗한 나라 되도록 힘쓰면 싶다.

국민들 모두를 위한 큰 생각과 추함 없는 넓은 생각을 열어서 늘 나라가 기쁨과 즐거움과 평안이 넘치게 노력하면 좋겠다. 타인에게 아픔 고통 주는 일 없도록, 추하고 악함도 없이 맑고도 깨끗한 삶들만 살면 좋겠다. 죄 없이 밝은 길 가면 좋겠다.

알고 깨닫고 느낌이 중요하다. 넓고 크고 넉넉하고 편하게 큰 생각을 둔 편안한 마음으로 살자! 남 같이 해서는 남 이상 될 수 없다. 값진 길을 만나는 것은 결국 나 자신의 길이다. 차분하고 강하게 새 길 가려 힘쓰련다.

지금 현재는 내 인생에 가장 중요한 시간이다. 소중히 여기고 가장 뜻 있고 보람 있게, 아름답게, 기쁘고 즐겁게, 멋지고 행복하게 살려 힘쓰련다. 긍정적인 생각을 두고 그 누구도 미워함 없이 편하고 조용히 살려 힘쓰련다.

하나님 앞에 감에 최상의 앞선 인물이 되면 싶다. 하루하루를 최후의 날인 양 행복하고 값지게 살련다. 나를 만드는 건 하나님이시다.

오늘 현재의 시간의 꽃 피우고 싶다. 내일 일은 내일 일이다. 오늘 지금 이 시간을 아껴 원하고 뜻하는 일을 이루려 힘쓰며, 복되고 즐겁도록 힘쓰련다. 하나님께서 영감 주시도록 기도하고, 오늘도 감사와 기쁨을 두고, 하나님 가까이 서련다.

하나님이 함께 하시는 삶! 그 안에 서도록 하나님을 사랑하련다. 느끼고 깨닫고 발전하는 길! 내 스스로 낮추고 겸손하며 선한 길 가려 힘쓰련다. 하나님이 기뻐하시도록 겸손하고 순수하고 깨끗하고 순결한 길을 가면 싶다. 그 길 가려 힘쓰면 싶다.

국가 관념

이 나라는 나만의 터전이 아니다. 국민들이 얼마나 편하고 행복하고 복되며 즐겁게 사느냐가 중요하다. 국가적 위인으로 살려면, 그래서 크고 높고 바른 길 가려면, 이 나라 모두를 위하여 마음 써야 한다. 크고 위대하고 바른 길 가도록 힘써야 한다.

정치적으로 가고픈 인물이라면 당적·지역적 상황을 버리고 온 나라를 위해 새롭게, 밝게 한마음 되도록 넓은 생각을 지녀야 한다. 거짓 없고 깨끗한 사람들 되도록 힘써야 한다.

당적·지역적으로만 빠져드는 정치인, 자기 욕심뿐이요 넓고 큰 생각 없는 행정인은 버려야 한다. 국가의 잘못된 부분을 파악해 버릴 것은 버리고, 고칠 것은 고쳐야 한다. 국가 발전과 안전과 행복을 위해 힘써야 한다. 누구나 깨닫고 발전하도록 힘써야 한다.

과거를 돌아보라. 잘못된 역사는 확고히 드러난다. 아프고 힘들고 비참게 한다. 언제나 드러나 비난을 받는다. 이를 알고 새롭게 삶이 중요하다.

지역적 다툼은 버리고, 깨닫고 느낀 지혜에 가르치고 선한 길 가려 힘써야 한다. 한 나라 되어야 한다. 남북한이 한 민족이요 한 나라 되어야 함을 알아야 한다.

북한에도 깨달음을 위해 대화해야 한다. 전쟁은 남북이 다 망하는 것이요, 결국 친한 척하는 타국이 간섭하고 다스리려 한다는 것을 알아야 한다. 타국엔 자기 나라만을 위해 욕심 부리고, 못된 길을 간다는 것을 모르는가? 오직 우리나라가 커져 큰 힘 돋워야 한다.

나라 간 전쟁은 한쪽의 승리가 아니요 나라를 망치는 일이다. 그러므로 이를 알아서 순조롭고 편안하게 대화의 문을 열어 서로 돕고, 자유롭게 한 나라 되게 힘써야 한다. 깨달아 맑고 밝은 길 가며 언제나 서로 돕고 발전하려 힘써 편하고 순조로운 나라 되면 좋겠다. 정말 복되고 아름다운 나라 되길 원한다.

남북한은 서로 이해하고 느끼고 깨달아, 서로 돕고 아껴서 새로워지고 훗날 언젠가는 한 나라로 통일되면 싶다. 지금 이 일을 위해 힘쓴 김대중 대통령과 금년의 대통령이 참 대단하고 고맙다.

대통령 되길 원하면, 세종대왕, 링컨 대통령에 대한 위대함을 알고 관련된 책을 읽고 공부하고 지혜를 높여 과거 대통령들의 잘한 점, 못한 점을 먼저 판단해야 한다. 비방함이 아니라 배우고 느끼고 깨달아야 한다.

대통령이나 정치인이나 공무원들은 국민들이 행복하고 즐겁도록, 편안하게 나아갈 길을 생각하고, 늘 고려하며 자기 자신을 살펴야 한다. 잘못된 생각은 바꾸도록 힘써야 한다.

우릴 망치려 한 타국을 기억하고 강하고 큰 나라 되도록 힘써야 한다. 이웃을 배려하고 돕고 평안케 한 사람이 많을수록 나라가 편하다. 그 길 가는 이가 많을수록 발전적이고 새로워진다.

밖에 빤한 거짓을 버리고 밝은 길 가야 한다. 크고 위대한 인물은 진실을 제자리에 두어야 한다. 피와 땀을 흘려 노력하는 참되고 바른 삶을 감사하며 웃는 복을 높여야 한다. 생명 길 가도록 힘써야 한다. 그리하여 나라의 강함과 행복과 발전을 위해 모두가 한뜻과 한마음 되어 평화를 누리면 좋겠다.

이 나라를 어렵고 힘들게 한 이들을 생각해 보라! 이 나라를 어렵고 힘들게 한 타국을 경계하며, 이기기 위해 힘을 돋우고 강하게 지킬 수 있는 힘과 강권을 돋우면 싶다. 이 나라가 언제나 크고 맑고 바른 생각을 높이도록 힘쓰면 싶다.

국민이나 정치인이나 사소한 일로 다툼 없이 진정 지혜롭고 바른 길 가면 좋겠다. 늘 새로운 길 가면 좋겠다. 국민들도 지방이나 당적 권세에 빠지지 말고 크고 깊고 바른 곳에 생각을 지녀, 지역적 미움, 다툼, 차별, 비난함 없이 큰 생각 되도록 나라는 하나임을 느끼면 좋겠다.

과거를 생각해 남북한도 한 나라임을 알면 좋겠다. 한 나라 되어 행복하길 바라면 좋겠다. 누구나 무엇이 중요한 것인가를 늘 깊이 느끼고 깨달아서 참된 나라 되면 싶다. 편안하고 즐거운 나라 되면 좋겠다. 천국 같이 귀하고 아름답고 깨끗하며, 기쁨과 평안과 즐거움이 넘치는 나라 되면 좋겠다.

맑고 깨끗하고 선하며 밝고 선한길 가도록 힘쓰는 이들이 많아지면 좋겠다. 많이 배우고, 글 읽고 지혜 높이면 싶다. 자신만 높다 여기지 맑고 겸손하고 바르게 살면 싶다.

옆 사람이 설령 부족하고 잘못된 부분이 있어도 다 이해하고 아끼며 힘 돋우면 좋겠다. 다만 힘쓰고 노력하며 성실히 자신의 소명을 다하면 싶다.

* * *

저도 잘못된 부분 있다면 용서하소서!

언젠가는 끝날 세상 – 선하고 밝고 맑게 살려 힘쓰고 애써 바른 길 가길 원합니다. 하나님만 바라며, 죄악 없이 선하고 밝게 살기를 원합니다. 하나님 말씀과 뜻대로 살기를 바랍니다. 그러므로 누구나 서로 돕고 아끼고 사랑하며 밝은 길 가면 좋겠습니다.
선하고 성실하며 바른 정신 두려 힘쓰는 이들이여!
늘 바른 길 가려 힘쓰며 행복하세요. 편안하고 즐겁고 기쁜 삶 되
길 빕니다.

아름다운 길을 꿈꾸며

내가 그리는 길이 있다. 그 길은 깨끗하고 청결하며 나무와 숲이 많아 자연의 빛이 가득하고, 맑은 바람과 깨끗한 물이 흐르는 청정한 곳이다. 산의 맑은 물이 흐르는 골짜기를 통제하고 관리하여 깨끗한 그 물을 시민의 각 가정에서 바로 사용토록 하는 곳이다.

그런 곳이 많기를 바라며 관심과 배려가 많으면 좋겠다. 시민들은 그 맑은 물을 보존하려 한마음이 되고, 도시 내의 구석구석에 자연과 따뜻함이 넘쳐나면 싶다.

도시 전체가 계획화된 정성에 따라 정비되고 건설되는 곳! 도시 내의 숲은 공원화되고 깨끗이 관리되었으면 싶다. 조경지(地), 농원이나, 개인정원, 과수원이나 전망대 등으로 조성되고 관리되는 조화로운 도시면 싶다. 천년의 편안을 계획하고 추진하는 기쁨이 넘치면 싶다.

인성을 깨우고, 낭만과 멋과 삶의 질을 높이는 사람들이요, 먼 곳을 내다보며 발전해 가는 이들이면 싶다. 산 풍경을 관망하도록 묘미를 최대한 살릴 지표와 건물 고도가 관리되면 좋겠다. 물 맑고 경치가 좋은 곳은 보호구역으로 지정하여 아무런 시설도 없게 하고, 자연그대로의 청정지역이 되면 싶다.

자기 욕심을 버림으로써 감동을 주는 곳에 이르고 싶다. 두루 잘 살며, 곳곳에 희망이 넘치면 좋겠다. 오·하수는 철저히 처리장까지 지하관으로 연결되게 하고 물을 오염시킬 수 있는 근원은 배제되면 싶다. 정한 법을 꼭 지키게 유도하는 깨끗한 나라. 구석구석을 가꾸어 조화로운 곳이면 좋겠다.

사람을 이롭게 하는 것은 무엇이나 자유로울 수 있는 곳. 인정과 따뜻함이 어우러져 서로 간 맘을 나누는 풍토가 조성되면 좋겠다. 복된 일상이 넘치면 좋겠다. 공중도덕과 예절을 품고, 서로 배려하고 아끼고 돕는 정신 두고, 누구나 추하고 악함 없는 삶 되면 좋겠다.

도시 관리인들이 힘써 노력함으로 밝은 길이 열리고, 도시인이 누구나 이웃을 아껴 곱고 값진 도시가 형성되길 희망해 본다. 혼란에서 질서로, 복잡함에서 평온으로, 절망에서 희망으로 변하는 길을 가도록 밝은 나라 되면 좋겠다.

세상은 사람들의 정신과 마음먹기에 달렸다. 어떻게 사느냐가 문제다. 진실하고 바른 길, 선하고 깨끗한 길을 가려면, 배우고 느낄 일인 것을 알아야 하고, 추하고 나쁜 죄에 빠지지 않도록 바른 믿음의 길을 가야 한다.

그 길은 하나님이 살아 역사하심을 알고, 하나님 보시기에 곱고 깨끗하고 진실토록 힘써야 한다. 맑고 깨끗하고 진실하며 바르게 사는 이들이 많을수록 곱고 아름답고 편안한 나라가 된다.

하나님은 우리의 인도자요, 스승이시며 치료자이시다. 하나님 안에서 더 강하고 지혜로워지면 좋겠다. 그 길이 곧 나를 행복으로 이끄는 원천이기 때문이다. 사람은 깨끗하고 선한 성인이 되어야 한다. 그래야 복을 누린다. 하나님이 아시고 하늘 문을 여신다.

아직 부족하고 온전치 못하나 애써 노력하고 싶다. 그것이 복의 길이요 소망의 길이리라. 날마다 새 길에 들도록 노력해야겠다.

밝고 맑은 길 가도록

가만가만 소리도 없이 깨금발을 딛고 와서, 뜰 안에서 온통 가을을 품었다. 그리고 가을을 친구 삼았다. 딴청을 피우듯 시침을 떼는- 여보시게, 무심한 이여! 아무도 관심 두지 않는 듯 소식 없는 걸 보면, 나도 추남秋男임을 편히 인정하겠네.

그런데 가을이여! 어찌하여 그리 별난 자극을 더하는가. 벌써 유혹과 침범의 길에 빠져 정신을 차릴 수가 없네. 넋 나간 사람 모양 멍청히 앉아 멀뚱대는 걸 아는가? 혼자 앓는 밤에 뒤척임은, 그대가 어김없이 내게 와서 나의 손목을 잡아끌기 때문이었네.

가을, 더 깊은 가을 속으로 가자! 난 더 비틀거리네. 살살이 꽃만으로도 가슴이 벌렁대는 걸! 맑은 하늘과 살랑대는 꽃들의 물결로도 마음이 번잡하건만, 알록달록 물든 단풍 속으로 나를 끌어, 또 얼마나 뒤뚱대게 가슴 열어 부추기려 하는가?

어느 날, 풀벌레 소리에 취해 산길을 간 적이 있었네. 만월의 빛이 포근히 나를 감싸고 시야가 훤히 열린 숲속에서 혼자 느낌을 지녀야 했던 날이네. 그날은 적막함과 평화가 짙던 밤이었지!

풀벌레의 그 애절한 노래에 빠져 쉬 자리를 뜰 수가 없었네. 달빛들이 눈송이처럼 곱게 날리던 밤에, 높은 하늘 가까이에 이르고픈 충동이 절절했었네. 가슴이 떨렸네.

그날 왠지 한 꿈을 꾸었네. 날개를 펴서 하늘에 올라 세상을 구경하는 일이었네. 만월이 큰 빛을 발하는 시간이었네. 별빛이 춤추는 초원에 촉촉한 감성이 맑게 흐름을 보았네.

그 모든 것을 품어 주고 서로 귀히 여기며, 자기 생각보다 상대의 생각을 품어 선히 순응할 일을 생각했네. 내 죄를 회개하면서 바른 길 가, 하나님이 기뻐하실 선하고 깨끗하고 착한 맘을 두고 싶네. 늘 겸손하고 순수하고 깨끗하면 싶네.

귀한 사랑은 서로를 품고 맞춤이니, 넉넉한 미소를 두고서, 곁의 사람들도 평안과 사랑과 행복을 느끼게 하고 싶네. 추함과 욕심을 벗은 고결함 되며 귀한 꿈 되게 살고 싶네.

여보시게, 내 얘기를 조금만 더 들어 주시게! 잠깐, 아주 잠깐이면 되겠네. 영혼이 높고 깊은 곳으로 나아감이 얼마나 기쁜 일인가. 세상일로 찌든 인생이기보다 어디든, 무엇에든 자유로운 그 생을 살고 싶네. 귀한 분들을 칭찬하며 살려 하네.

* * *

생각해 보니 그 꿈의 빛이 오고 있다. 참 복되고 자연스러운 일이다. 그 누구에게도 얽매임 없이 자유와 평안을 누리도록 힘쓰면 좋겠다. 그 길 가려 힘쓰련다. 욕심과 권세, 교만에 빠지지 않는 편안한 길을 가련다.

근심이나 걱정을 버리고 편안함을 지니고 싶다. 이 생각을 품으니 비로소 가슴이 뻥 뚫릴 듯싶다. 환하고 고운 빛 두고 싶다. 단색으로 뿌려진 진실함 같은ㅡ.

역시 난 시월에 빠졌나 보다. 늘 새롭게 날 개발하고 싶다.

서로를 사랑함에 있어

가족은 서로 품고 아껴야 한다. 자신을 낮추고 조용히 힘쓰고 노력해야 한다. 결국 가정이란 가족 구성원들이 각기 노력하고 애쓰며 서로 배려하고 희생할 때 행복이 깊어진다. 기쁨이 넘친다.

희생 없는 인연엔 사랑이 싹틀 수 없고, 느낌과 만족이 없인 행복을 얻기 어렵다. 언제나 깨어 있어 감싸며 살아야 한다. 환경도, 복도, 가치관도 서로가 이룬다.

작은 사회인 가정이란, 일생을 통하여 끝없이 가꾸며 발전해 가는 곳이어야 한다. 서로 품고 인정하며 사는 길이면 싶다. 때론 친구 같고, 때론 애교와 지혜가 넘치고 재치와 유머도 발하며, 함께할 수 있는 취미활동이나 재능 등으로도 깊이 어우러지는 시간 누리는 가정 되면 싶다.

대화로 서로의 생각을 풍성히 나누는 부부가 되어야 하리라. 외모가 아름다움보다 내적인 아름다움을 지닌 부부 되도록 자신의 지혜를 넓히려 노력하면 얼마나 좋을까? 그 바탕에 독서와 상대를 품는 노력과 자기 성찰의 고뇌도 두고, 자기반성의 과정이 실질적으로 강해야 한다.

사랑은, 서로 아끼고 이해하고 감싸며 인내하며 사는 것! 사랑을 열 때 가까워지고 아름다워지는 법이니, 먼저 나아가 대화하고 인정하며 따뜻함을 전하면 싶다.

하루 하나라도 발전키 위해 지혜롭게 기쁨을 전하는 성숙함으로 날 깨워야겠다. 연민과 측은지심, 혹은 배려와 관심의 깊은 정으로 서로를 품고 이해하고 감싸면 싶다. 알콩달콩 맞추어 감도 서로의 복이라 여긴다.

철저한 자기 관리와 발전을 위한 노력이 지속되면 싶다. 섬세하게 밝은 길 가도록 힘쓰면 좋겠다. 우린 흔히, 아끼고 채워 믿고 의지하고 깨어 뜻에 맞춰 주도록 힘쓰고 노력해야 하리라.

잘못된 것들은 깨달아야 한다. 희생하며 사랑을 주기보다 상대방에게 사랑을 받으려 하고, 자신을 돌아봄도 없이 날 이해해 주기만을 원하면, 결국 관심은 멀어지고 불만은 높아 자꾸 틈서리가 커지는 법이다.

상대를 힘들게 하면 할수록 나도 힘들어진다. 상대방을 칭찬하며 힘 돋워 주면 서로 힘이 생긴다.

그러므로 실수해도 감싸고 품으며 이해해야 한다. 이해받기보다 이해하고 사랑받기보다 사랑하는 길, 그것이 오히려 값지고 곱다. 힘쓰고 배려하는 만큼 편하다는 것을 안 순간, 칭찬하고 이해하며 상대의 기를 살려 주고, 습성화해야 할 지혜를 배운다.

부부란 무엇보다 느낌이 서로 통하는 귀한 길을 가야 한다. 많은 것을 배우려 노력해야 한다. 그것은 책을 읽고 자신을 깨워 발전하며 새롭고자 하는 자기 노력에서 비롯된다. 스스로의 발전을 위해 사소한 일도 마음을 넓게 열자는 생각! 그것이 오히려 행복한 길을 연다. 그 삶을 살면 싶다.

또한, 어려운 일을 겪을 때면 아픔이 흐르듯, 넓고 큰마음 두고 순리적 흐름을 따라 인내하면 싶다. 좋은 느낌과 깨달음을 두고 날 맞추어 감에, 사랑이 돈독해진다. 그러므로 부부는 서로 바른 생각을 높여야 한다. 자신이 휘황찬란하지 않아도 배려와 노력의 대가가 있어야 한다.

노력하는 만큼 기쁨은 나를 가꾼다. 늘 새로워야겠다. 바르고 옳은 길 가도록 힘써야겠다.

사랑하라, 시간이 없다

우린 생의 끝을 향해 한발 한발 나아간다. 피할 수 없는 길이요 숙명의 길이다. 생의 끝은 정해져 있다. 다만 그날을 알지 못할 뿐이다. 그러므로 오늘 하루는 내 보물이다. 가장 소중한 날이다.

지체 없이 서로 사랑하고 서둘러 친절해야 한다. "하루하루를 그대의 최후의 날인 양 살아가라." 했다. 자기 생의 끝은 아무도 모른다. 불시에 그 순간에 이른다. 지난날을 생각하면, 사는 동안 행할 일이 더욱 확고해진다.

마음과 정성을 다하고 고운 사랑을 두면 싶다. 말없이 성실하고 견고한 만큼 매혹적인 최상의 삶! 도저히 꿈꿀 수 없는 자리라도 열정을 두고 싶다. 깊고 바르게 살며 이웃을 아껴 사랑하자! 시간이 없다. 마음과 정성을 다하고 말없이 정을 나누고 싶다.

오늘이 만족된 하루가 되지 못한 것은 내 부족함 때문이다. 지금 이 시간은 귀한 시간이다. 최상의 시간이다. 현재 이 시간은 값지게 성실함으로써만 복된 의미가 있다. 시간을 값없이, 무의미하고 헛되이 보낸다면 폐한 삶이다. 사용 방법과, 성실한 정도에 따라 빛나고 고귀함이 열린다.

어떻게 살아갈 것인가? 인연 된 사람들과 바르고 친한 사람에게 더욱 잘하려 힘쓰고, 진실하고 참된 이, 올곧고 선한 이를 더욱 사랑하자! 자랑 없이 겸손하게 남을 칭찬할 줄 아는 사람이 되고 싶다. 마음을 다 줄 신실한 사람이 되고 싶다. 더욱 사랑하자! 많은 듯해도 내겐 시간이 없다.

사랑은 돕고 아끼고 감싸는 일이다. 잘못이나 실수나 부족함에도 다 긍정을 두고, 품고 감싸며 늘 기쁨 돋우도록 힘써야 한다. 잘못도 부정도 다 품고 감싸고 싶다. 그것이 참된 인생이다. 사랑과 봉사, 희생의 길 가며 기쁨만 주는 맘이고 싶다.

언제나 깊은 사랑을 두련다. 나를 향한 비난과 다툼도 미워하지 않고, 그대의 그 모두를 다 감싸며 순수하게 살려 힘쓰련다. 하나님만 바라고 섬기며, 힘써 선하고 깨끗해져 악과 추함이 없는 귀한 인물 되어, 깊은 사랑의 길 가고 싶다.

언젠가는 떠날 세상! 그 누구에게나 밝고 맑고 깨끗한 말 하도록 힘쓰며, 가까이 오는 이에겐 선하고 바른 맘 베풀어야 한다. 욕심이나 피해 줌 없이 겸손히 살려 힘써야 한다. 미움, 다툼, 시기나 질투를 버리고 참된 길 가야 한다.

악한 것 다 벗고, 하나님 향한 믿음만 두고 살고 싶다. 깨어 있어 가족과 이웃들을 깊이 사랑하는 바른 길 가고 싶다. 곱고 복된 길 가고 싶다. 사는 동안 바른 삶만 살고 싶다.

조용한 기쁨

상상의 길은 현실보다 편하다. 새 길을 열기도 한다. 맘만 먹으면, 새롭게 행함이 가능한 영적세상이 존재한다. 가슴이 벅차도록 맞는 바른 삶의 기쁨 같은 것! 그 인생을 이루려 힘쓰련다.

그 길을 편히 가야 한다. 힘들고 싫으면 길을 접어도 좋다. 생각을 바꾸어도 좋다. 다만 섬세하게 느끼고 깨달아 밝은 길 가면 좋겠다. 기쁘고 행복한 길 가며 기쁨 누리고 싶다. 복을 두고 싶다.

누군가는 말한다.

"상상의 무대에선 쉽게 손 놓기도 싫다. 끝까지 가겠다."

하하, 웃어 본다. 상상의 날개는 그런 것이다. 쉽고 편하고 높은 것. 신실한 현실 품기를 갈망한다. 현실로 왔을 때 느껴지는 벅찬 기쁨 같은 것. 바로 그런 뜻과 의미를 알게 되어 즐겁다. 생각으로 품고 마음으로 따뜻하게 안는 영혼의 사랑! 그것이 얼마나 곱고 아름다운지!

황홀한 기쁨과 미소를 두게 한다. 특별한 일의 꽃이 핀다. 정신세계가 얼마나 깊고 별난지를 알아, 그 감정의 냇물이 얼마나 맑고 시원한지를 느껴 본다. 끝없이 느껴지는 순수한 마음의 교통들- 맑고 환한 것들로 밀물지는 생각을 연 기쁨을 누린다.

더 발전적이고 창조적 길 가며, 가치 있는 복된 나날을 꿈꾼다. 착하고 똑똑한 사람, 씩씩하고 준수한 사람 되면 좋겠다. 진솔하고 맑고 값진 것들을 그려 본다. 열린 생각으로 기쁨이 넘치고 복이 많아지면 좋겠다. 조용한 삶의 기쁨으로 행복을 누리고 싶다.

세상을 초월한 넉넉한 마음으로 살고 싶다. 어려움·고통·아픔·불편을 잊어버리고 편안한 마음을 두고 자연의 삶을 살고 싶다. 하나님만 바라며 살고 싶다. 하나님이 아끼고 사랑하는 삶 되도록 힘쓰고 싶다. 바르고 선하고 깨끗한 길 감으로 하나님이 아껴 주시면 싶다.

하나님이 좋아하고 기뻐하시도록 내 습성을 바꿔 가고 싶다. 언제나 선하고 깨끗하도록 힘쓰고 싶다. 인생이 행복한 길로 가도록 생각의 변화, 의식의 변화를 늘 누리면 좋겠다. 그 길 가도록 힘써 밝아지면 싶다.

결심하거나 편히 누리는 만큼 인생은 스스로 변하리라. 그 삶을 누리도록 새 길을 가고 싶다. 하나님께서 도와주시리라 믿는다. 늘 믿고 의지하며 바른 길 가련다. 추함과 악함 없도록 힘쓰며, 하나님 말씀과 뜻대로 살도록 기도하고 회개하며 바르게 살려 힘쓰련다. 그 길 가도록 힘쓰련다.

영혼의 만남

아픔과 고난, 고통과 괴로움도 쉽게 꺾고 닫을 이를 만났다. 넓고 큰마음을 지닌 사람이었다. 생각과 마음이 통하는 참 귀한 사람이었다. 난 편히 웃으며 대화의 폭을 넓히기도 쉬웠다. 너무 좋아서 대화를 나누며 메마르지 않는 정情을 피웠다.

얼굴, 풍모, 돈, 권위를 떠나 오직 생각과 마음이 잘 통해 친할 수 있었다. 기쁘고 즐거운 시간 되어 좋았다. 즐겁게 기쁨을 자아내며, 편히 동행할 수 있는 인물이었다. 풀잎같이 돋는 따뜻한 위로와 기쁨, 웃음과 고난마저 편히 나눌 수 있는 이였다. 서로 생각이 잘 통하는 참 귀하고 좋은 만남이었다. 대화할수록 넉넉함이 꽉 찬 시간 되어 즐거웠다.

그대가 너무 좋아 더욱 새롭게 그대 곁에 서고 싶다. 함께 초원을 달리고, 해변을 걷고 산을 오가는 즐거움도 연 기쁨과 소박함을 누리고 싶다. 평안과 즐거움과 순수함이 많은 삶 마냥 행복하게 살련다. 행복과 편안함과 자연을 느끼는 시간을 두고 싶다.

진실하게 맑고 환한 느낌을 열고 싶다. 죄악과 허물에 빠지지 않는 정하고 밝은 길을 가고 싶다. 느낌 하나로 가까이 설 사람아! 그대랑 믿음의 길을 가고 싶다. 가장 자연스런 대화를 두고 싶다. 늘 통하는 기쁨을 얻고 있다. 우리 늘 아끼며 사랑하며 기쁘게 살자! 웃음을 온 방 가득 쏟아 놓고 싶은 행복한 맘이다. 형제 같은 정을 지닌 행복의 열쇠다.

세상길은 사람에 따라 다르다. 서로 아끼고 배려하고 돕는 이가 있는가 하면 싸우고 다투고 욕하는 잘못된 이도 있다. 다툼·싸움 없게 무엇이나 감싸고 이해하고 돕는 길 가련다.

사람은 생각과 지혜와 마음에 따라 다르다. 누구나 한마음 한뜻일 수는 없으나 생각이 깊고 곱고 값진 이들은 깊고 큰마음을 두고 산다. 조용히 돕고 아끼며 산다. 말없이 산다. 늘 공부하며 산다. 공부하고 지식을 넓혀 지혜를 돋운다. 순수하고 맑고 깨끗하게 살려 힘쓰며, 이해하고 배려하고 감싸 지혜를 누린다. 이웃들의 잘못된 일도 순조롭게 다 흘려보내고 아픔 고뇌 없이 감싸고 이해하려 힘쓴다.

그 특이한 삶을 살면 좋겠다. 마냥 편안하고 즐거우며 행복한 삶을 누리면 좋겠다.

믿음의 길에서

무관심을 버리련다. 아주 작은 것에 민감하지 못한 때늦은 후회도 지우련다. 조급함에 더 크고 넓지 못한 정신을 바꾸련다. 작은 것에 연연한 답답함이나 그 생각들을 거두련다.

골고다 언덕에서 물과 피를 다 쏟기까지 사랑이셨던 예수 그리스도를 그린다. 우리 죄를 감싸려 십자가에 든 분이다. 그분의 보혈로 죄 씻김을 알고 믿어 구원의 길을 가련다. 믿음은 그냥 되는 것이 아니다. 오직 살아계신 하나님 말씀과 뜻대로 살며 온전한 믿음으로 선하고 맑고 밝은 길을 가려 노력해야 한다.

하나님은 나의 언행 생각뿐 아니라 모든 것을 알고 계신다. 체험의 은혜를 누리는 이들은 이를 안다. 가증하고 추하고 더러운 것들을 버리려 애쓰련다. 믿는다 하나 말씀대로 행함이 없는 믿음이 어찌 믿음이랴! 신실한 믿음 없이 어찌 삶에 기쁨이 있겠는가. 말씀대로 행함이 없으면 없는 만큼 부끄러울 뿐이다.

회개함으로 깨달아 밝은 길을 가련다. 복받치는 울음으로도 영혼을 깨우고 싶다. 겉모습만 경건한 척 가면 쓴 성도가 아니라, 진실하고 맑은 삶에 깬 영혼으로 살다가는 참 신앙인이고 싶다. 순수한 믿음이고 싶다.

주의 뜻대로 살려 애쓰련다. 말씀을 삶 중에 적용하고 실천하는 삶이고 싶다. 형식을 좇기보다 하늘 우러러 부끄럽지 않는 삶이고 싶다. 생이 끝나고 주님 앞에 서는 날, 부끄럽지 않도록 애쓰고 바른 생활을 누리며 믿음 안에 편안히 살고 싶다.

주 안에서 밝고 맑은 생각으로 따뜻하여서, 많은 사람들에게 주님의 말씀과 뜻을 놓는 좋은 도구로 쓰임받고 싶다. 사람들에겐 관심과 배려와 칭찬의 말로 힘이 돋게 하고, 진심에서 우러나온 부드러움과 소망을 지닌 삶이고 싶다. 기쁨과 순전한 마음 곳곳에 햇살이 가득하면 좋겠다.

정말 온전한 믿음을 소유하고 싶다. 몸부림이 돋더라도 바른 신앙으로 살고 싶다. 말뿐 아니라, 맘이 모나지 않고 선함이 습성화되면 싶다. 새들의 노래와 꽃들의 웃음과 별들의 찬란함과 파도의 춤이 내 안에 기쁨이 되면 좋겠다. 늘 새로운 발전을 이뤄 가면 좋겠다. 그 길 가려 힘쓰고 싶다.

맑음과 밝음과 따뜻함과 싱그러움을 지니고 싶다. 정함과 선함과 진실함이 많아지면 좋겠다. 순수함과 깨끗함을 두고 성경 말씀대로 살며 하늘의 뜻대로 살고 싶다. 거짓 없이- 인간성이 묻어나는 순박함을 지니고 싶다.

삶에 주님을 사모하는 힘이 가득했으면 좋겠다. 입술로 하나님을 인정하는 말들이 환히 빛났으면 싶다. 기도가 믿음으로 충만하고, 주님의 간섭과 인도함이 깨달아져 날마다 기쁨을 노래하고 싶다. 감사가 넘쳐나는 밝은 얼굴이고 싶다. 말씀대로 살며 행복을 누리고 싶다. 주께서 날 보시고「좋았더라.」웃도록 날마다 새롭고 싶다. 새벽을 깨우며, 힘찬 환희가 열리는 길을 가도록 환하게 잠 깨어 외치련다. 감동과 느낌이 있는 세상은 아름답다- 고. 새벽이 오는 소리는 싱그러움이라고. 새로운 삶이 오는 길은 행복하다고….

큰 체험 신앙

하나님이 내게도 역사하심이 있었다. 군 장교 생활 중 하루는 피곤하고 힘겨워 낮 시간에 한곳에 숨어 잠시 잠자고 있을 때, 순간적으로 나타나사 "넌 빨리 일어나라."하셨다. 깨어 일어났더니 그곳에 공병여단장과 군사령관이 나타났다. 바로 인사를 드렸다. 아무 문제가 없었다. 꿈속에 역사하신 큰 체험이었다.

그리고 한 섬에 건설 관리인으로 가기 다섯 달 전, 큰 꿈을 주셨다. 진하고 맑고 강하여 현실에 도달하기까지도 확고한 기억을 주셨다.

그 섬은 공사 시에 보니 관광객도 많은 곳이라, 맑은 물을 관리하는 한 관리인이 빗물로 인해 냇물 진입 입구를 잠그길 원하는 관련 공무원에게 자기가 도착할 때까지 기다리라 했단다. 그가 35분 후에 그곳에 갔을 때 흙들이 돋운 냇물이 흘러들음을 보고는 높은 산 공사현장 때문이라며, 자기 잘못을 꺾으려 했다. 게다가 공무원의 친구인 한 도시의 신문기자를 통해 방송에도 들려나게 했다. 참 별난 일이었다.

그 후 경찰 한 분이 날 찾아와 살폈다. 있는 그대로의 진실을 알렸다. 현장에 연관된 공군에선 확인 없이 날 처벌코자 했다. 난 감사원을 통해 있는 그대로의 실상을 글로 고하고 알려 해결해 주기를 원했다. 모든 실상을 진실하게 알렸다. 결과는 진실로만 깨끗하게 드러나, 내겐 웃을 수 있는 밝은 길이 열렸다.

세 번째 체험 신앙의 꿈은 크고 깊고 강했다. 두 번째 체험 신앙이 열리기 직전이었다. 길게 사귄 이가 있었으나 또 한 사람 생겨, 결정코자 마음 둔 글을 써 두고 있을 때 별나게 이를 알아, 나와 사귐을 그만두라 했다.

칠 년을 사귀어도 성적 문제는 두지 않으려 힘써 왔었다. 그 일은 확고한 내 결혼관이었다. 난 입맞춤도, 육적 껴안음도 없는 깨끗한 교제를 해왔다. 결국 이 같은 사실을 알게 된 나는 결혼을 위해 7년간 깨끗하게 사귀던 여자와 헤어졌다.

그다음 날이다. 또 하나의 체험은 신앙을 둔 귀한 사랑인의 만남이었다. 서울시를 벗어나려던, 연말 후 1월 둘째 날이었다. 수만 명의 인원 중에 한 번도 본 적이 없는 한 인물이 짙게 순간적으로 떠올랐다. 하나님의 역사였다.

참 별나다 생각하며, 군 장교 시절이라 군 헌병실을 통해 먼저 열차에 들어가 앉아 있을 때였다. 옆에 세 곳에 자리가 비어 있을 때 그 여인이 다가와 물었다.

"여기 자리 있어요?"

"네. 자리는 있는데 사람은 없어요."

라 말했다. 곧 대화를 나눴다. 대화를 나누며 같은 신앙인임을 알았다. 그리하여 편지 주고받길 원했다. 가까워지게 한 것이다. 편지 주고받음이 열려 서로를 알게 되었다. 그리하여 더욱 가까워졌다. 그것이 한편이 된 현재의 결과였다. 하나님의 역사로 인한 믿음의 체험이었다.

하나님은 살아 계신다. 많은 것을 느끼고 깨닫고 밝은 길 가도록 힘써야겠다. 맑고 밝고 깨끗하고 선한 길 가려 힘쓰련다. 사는 동안 행복한 삶을 누리련다. 세상에 빠지기보다 하나님만 의지하며 편히 살고 싶다. 하나님과 친한 자녀 되고 싶다.

회개의 길 가며

생의 비가 내린다. 안으로 펑펑 울음이 돋는다. 마음을 풀어 보려 하늘을 우러른다. 통한의 눈물이요 회개의 눈물이다. '신앙의 길을 걷는다.' 하면서도 과연 난 진정한 신앙의 길을 가고 있는가? 나 자신에게 묻는다. 진지하게 묻는다.

때론 회개하며 반성해야 할 것들이 많다. 두루두루 살펴보면 둔하고 새까맣다. 모래알 같다. 깊이 깨달음으로 새로운 출발을 하고 싶다. 이 순간에 한 획을 긋고 진정 믿음의 기쁨을 누리고 싶다.

친인척들께 최선을 다해 사랑하지 못한 아픔도 느낀다. 언어 행실과 현실로 향기 발하지 못한 일들과, 미움, 다툼, 용서치 못한 것들은 잘못된, 참 어리석고 추한 일이다. 음란함과 가증한 죄악들도 생각해 본다. 삶과 열정과 성실한 노력도 생각해 본다.

아아, 맑고 선케 살도록 힘써 노력하고 싶다. 하늘을 우러러 한 줌 부끄러움 없는 정직하고 굳은 심지가 열리도록 걸림돌 없는 맑은 길을 가고 싶다. 맑고 선하고 진실하며 정직한 삶은 얼마나 좋은가!

때 묻지 않은 순수함 부끄럼 없는 맑음. 진실이 어린 사랑. 상큼한 마음의 배려와 조용한 입술을 두고 싶다. 따뜻한 마음으로 넘치는 인정과 치열한 삶을 지니고 싶다. 그런 것들로 채우고 싶다. 선하고 맑고 깨끗하게 살되, 바른 목적을 둔 뜻있는 삶을 살아야겠다.

오직 하나님을 섬기고 의지하는 변화된 생을 살고 싶다. 느끼고 깨달아 가만히, 말없이 가고 싶다. 누가 뭐래도 하나님 앞에 바르게 살려 힘쓰련다. 하나님이 원하는 삶이요, 그분이 인정하는 삶이고 싶다.

늘 깨어 있어 추함, 악함, 무지함 없는 길 가면 싶다. 선하고 깨끗하면 겸손한 길만 가고 싶다. 순수하게 살도록 힘쓰고 싶다. 늘 겸손하게 날 낮추고, 선한 길 가려 힘쓰련다.

말도 줄이고 조용하고 깨끗하게 살려 노력하고 싶다. 누가 뭐래도 말은 줄여 꼭 해야 할 말만 두고, 의미나 뜻을 느끼고 깨달음만 두고 날 살펴 바른 길 가려 힘쓰련다. 내 잘못이 있다면 이를 회개하고, 무슨 일이든 다시 선하게 시작하고 싶다. 감동의 느낌만 높이련다.

세상에 쉽게 되는 일은 없다. 한 가지 일에 열성과 성실과 힘을 다하며 그뿐! 인생을 행복하고 밝게 사는 비결은 잘못은 회개하려 힘쓰고 죄 없이 밝고 선하게 살려 힘씀이 중요하다.

늘 깨어 있어 밝은 길 가도록 힘쓰고 싶다. 하나님이 좋아하고 기뻐하도록 바른 길 가면 좋겠다. 하나님이 사랑 주시도록 선하고 깨끗하면 싶다.

소망의 길 가며

그 어떤 길에도 무관심은 버리련다. 다만 입술은 닿아 조용히 살려 힘쓰련다. 또한 작은 것에 민감하지 못한 때늦은 후회도 지우련다. 조급함에 더 크고 넓지 못한 정신을 바꾸련다. 작은 것에 연연한 답답함이나 그 생각들을 거두련다. 골고다 언덕에서 물과 피를 다 쏟기까지, 사랑이셨던 예수 그리스도를 그린다. 그분의 보혈로 죄 씻김을 알고 믿어 구원의 길을 가련다.

믿음은 그냥 되는 것이 아니다. 오직 살아계신 하나님 말씀과 뜻대로 살며 온전한 믿음으로 선하고 맑고 밝은 길을 가려 노력해야 한다. 하나님은 나의 언행 생각뿐 아니라 모든 것을 알고 계신다. 체험의 은혜를 누리는 이들은 안다.

가증하고 추하고 더러운 것들을 버리려 애쓰련다. 믿는다하나 말씀대로 행함이 없는 믿음이 어찌 믿음이랴! 신실한 믿음 없이 어찌 삶에 기쁨이 있겠는가. 말씀대로 행함이 없으면 없는 만큼 부끄러울 뿐이다. 회개함으로 깨달아 밝은 길을 가련다. 복받치는 울음으로도 영혼을 깨우고 싶다.

겉모습만 경건한 척 가면 쓴 성도가 아니라, 진실하고 맑은 삶에 깬 영혼으로 살다가는 참 신앙인이고 싶다. 순수한 믿음이고 싶다. 주의 뜻대로 살려 애쓰련다. 말씀을 삶 중에 적용하고 실천하는 삶이고 싶다. 형식을 쫓기보다 하늘 우러러 부끄럽지 않는 삶이고 싶다. 생이 끝나고 주님 앞에 서는 날, 부끄럽지 않도록 애 쓰고 바른 생활을 누리며 믿음 안에 편안히 살고 싶다.

주안에서 밝고 맑은 생각으로 따뜻하여서, 많은 사람들에게 주님의 말씀과 뜻을 놓는 좋은 도구로 쓰임 받고 싶다. 사람들에겐 관심과 배려와 칭찬의 말들로 힘이 돋게 하고, 진심에서 우러나온 부드러움과 소망을 지닌 삶이고 싶다.

기쁨과 순전한 마음 곳곳에 햇살이 가득하면 좋겠다. 정말 온전한 믿음을 소유하고, 힘겨운 일이 있더라도 바른 신앙으로 살고 싶다. 말뿐 아니라, 맘이 모나지 않고 선함이 습성화 되면 싶다. 새들의 노래와 꽃들의 웃음과 별들의 찬란함과 파도의 춤이 내 안에 기쁨이 되면 좋겠다. 늘 새로운 발전을 이뤄 가면 좋겠다. 바른 길 가려 힘쓰며 선한 생이면 좋겠다.

맑음과 밝음과 따뜻함과 싱그러움을 지니고 싶다. 정함과 선함과 진실함이 많아지면 좋겠다. 순수함과 깨끗함을 두고 싶다. 성경말씀대로 살며, 하늘의 뜻대로 살고 싶다. 그 길 가도록 힘쓰고 싶다. 거짓 없이−인간성이 묻어나는 순박함을 지니고 싶다.

삶에 주님을 사모하는 힘이 가득했으면 좋겠다. 입술로 하나님을 인정하는 말들이 환히 빛났으면 싶다. 기도가 믿음으로 충만하고, 주님의 간섭과 인도함이 깨달아져 날마다 기쁨을 노래하고 싶다. 마음 동트면 싶다.

감사가 넘쳐나는 밝은 얼굴이고 싶다. 말씀대로 살며 행복을 누리고 싶다. 주께서 날 보시고 「좋았더라.」 웃도록 날마다 새롭고 싶다. 새벽을 깨우며 힘찬 환희가 오는 길을 가고 싶다.

이제 잠 깨어 외치련다. 감동과 느낌이 있는 세상은 아름답다−고. 새벽이 오는 소리는 싱그러움 이라고.
새로운 삶이 오는 길은 행복하다고.

진실한 사랑을 위하여

마음에 따라 이 세상은 즐거운 보금자리도 될 수 있고, 슬픔과 괴로움이 끝없는 지옥 같은 곳이 될 수도 있다. 바른 생각과 지혜로움은 내 모든 생각을 바꿀 수 있고, 밝고도 환한 길 가며 행복을 누릴 수 있다.

행복이 머무는 곳은 어디인가? 마테를링크의 『파랑새』에선 행복을 찾아 헤매지만, 행복은 자기 집 처마 밑에 있다고 했다. 또한, 카를 부세는 산 너머 저쪽에서, "산 너머 저쪽에 행복이 있다고 찾아갔다가 울면서 되돌아왔다."하지 않던가. 행복의 출생지는 자신의 마음이며 또한 그곳이 샘터였다.

돌아볼수록 행복은 스스로 찾고 느껴야 함을 깨닫는다. 그 러므로 곁에 있는 사람들을 더 깊이 섬기고 아끼며 마음 두고 사랑해야 한다. 그 마음에는 부정함이 있어선 안 된다.

세상 산다는 것은 맘먹기에 달렸다. 불평불만, 원망, 비방, 추함, 미워함 등은 마귀가 오는 고속도로다. 이 때문에 조그마한 부정적인 생각도 지우도록 애써야 한다. 욕심과 자랑과 교만은 결국 내 정신을 피폐하게 만든다.

키르케고르는 레기네 올센을 너무도 사랑했기에 결혼을 거부한 사람이었다. 너무도 사랑하기 때문에 도저히 결혼의 테두리로 그대의 사랑을 얽어맬 수는 없었다. 또한 자기의 작은 사랑으로는 감당할 수가 없다고 여겼다. 그래서 그는 사랑의 고독을 품고 철학자의 길을 가게 된다. 참 특별한 길이었다. 인연의 길은 그렇게 멋지고 아름다워야 한다.

육의 욕망에 앞서 먼저 맑고 깨끗하며 순수한 영혼이면 싶다. 욕심과 구속이 아니요, 무한히 빛을 향해 날아갈 수 있도록 마음과 정신이 밝고 선함이면 싶다. 눈빛만 봐도 마음을 읽을 수 있는 영혼이 통하는 사랑! 가슴을 찌르는 순수한 생의 숨결이 순수한 것들을 바라보는 삶이 될 때, 비로소 내 가슴에는 찬란한 꽃들이 피어난다.

다급함 뒤에 오는 실수가 없도록, 차분하고 고요한 맘 두고 날 살펴야겠다. 사랑은 언제나 바른 느낌을 품고 온다. 진실한 믿음을 두고, 깊이 뿌리내린 바위 같은 신뢰감 주며, 추하지 않은 애증을 두어 생의 저편, 끝자락에서 그리움이 되는 행복을 말하련다.

하나님만 섬기며 살련다. 구한 갈망이 하나님께서 가까이 데려갈 때까지, 값진 사랑이 충만하면 싶다. 그때마다 기억할 것이다. 내 행복은 하나님이 주신 것임을 알고 있다. 그 어떤 일도 사랑 안에 품고 살며 위로하고 배려하고 편안함만 누리련다.

시시때때로 내게 믿음의 시와 서정시를 쓰게 하면 좋겠다. 말없이 지켜봐 주며, 내게 미소 지을 수 있는 사람이 많음도 알게 하면 좋겠다. 그럼으로 바른 삶 살도록 힘쓰련다.

사람은 실수 없이 죄 없이 살진 않는다. 하늘의 달과 별같이 살자. 생이 늘 완전하고 완벽할 순 없다. 그러므로 어떤 잘못도 실수도 다 품고 이해하고 사랑하려고 힘쓰는 전신을 두어야 한다.

언젠가는 떠날 세상. 순수하고 깨끗하도록 힘쓰며, 하나님의 말씀과 뜻대로 살려 힘쓰련다. 늘 밝고 맑게 살고 싶다. 언제나 하하 웃으며 살고 싶다.

믿음의 길

헤어짐이 아쉬워 눈물 보인 이들과 헤어져 현재 살고 있는 곳에 온지도 십 년이 훨씬 지난 시간이 되었다. 지연, 혈연 등과 아무런 연관도 없는 곳에 오게 된 사실도 그렇고, 직업과도 관련이 없는 곳에, 이름도 참 별나다.

연고도 없는 이곳에 둥지를 튼 것을 생각해 본다. 심령에 갈급한 말씀 중심의 교회로 인도된 것이다. 처음엔 교회 선정도 고심이 많았다. 삼 개월 동안 십여 개 교회를 방문하고 판단한 끝에 최종 두 곳을 마음에 두었다. 그리고 다시 살폈다. 말씀과 성가대, 교회 분위기 등을 살폈다. 예배 말씀을 듣고 분석했다. 그 후 결정된 곳이 지금 함께하는 곳이다.

'왜 이곳에 오게 된 것일까?'

깊이 생각해 보니 하나님이 우릴 인도하신 것이다. 크고 바른 신앙생활의 터전은 도시 내에 있었다. 이곳은 전원교회며 신앙의 교육장이었다. 고속도로를 타고 들어와 톨게이트로 드는 이 많은 이곳은 섬강의 강변에 위치한다. 자연 속에 둔 시청각 교육시설은 공원과 같았다. 잔디밭과 시설물 주변에 조각들이 많았다.

교육 목적을 달성키 위한 교보재인데, 하나님 말씀과 법도를 배우고 가르치는 곳에 있다. 신실한 믿음에 빠진 사람들은 믿음과 정신이 다르다. 교보재는 조각품들 같다. 믿음과 지혜를 높이며 신앙의 변화를 줄 수 있는 곳이었다.

이 교육과정을 듣고 배우러 오는 초교파적인 교회가 한해에 무려

칠백여 개 이상에 이른다. 하루에 삼백 명, 칠백 명이 올 때도 있다. 참으로 많은 사람들이 왔다. 배우고 느끼고 깨닫는 길이 열린 것이다.

전국에서 몰려오는 많은 사람들을 위해 예배실, 세미나실, 기도실, 숙소, 식당, 수영장, 도서실, 민속관, 운동장 등- 모든 시설들을 갖춘 곳이다. 시설도 시설이지만 그보다 놀라운 것은 소속된 교인들의 체험신앙과, 그들이 지닌 은사와 봉사정신이다.

교인들 중에는 재능과 은사, 체험 신앙이 많다. 믿음으로 행한 그들의 사랑에 놀람을 금치 못했다. 하늘에 상급을 쌓는 일에 자발적이다. 요청이 없어도 자발적으로 봉사하는 성도들이 많다. 힘들고 아프고 어려워도 편히 봉사하는 편이다.

신앙이 곧 생활이 되어 향기를 발한다. 일생을 학생교육과 시설공사 관리에 힘쓴 장로와 청소 정리, 식당 일 등 딸꼬 정신으로 산 이들이 많다.

그들이 지닌 은사도 마찬가지다. 체험신앙을 통해 환상을 보고, 병을 치료하는가 하면, 여러 분야에서 은사를 드러내고 있다. 재능 없는 사람이 거의 없다. 참 신앙을 지닌 덕이다. 무엇인가 한 가지씩은 남이 못 가진 것을 가진 사람들이다. 그만큼 신앙적으로 자기 삶을 살아온 것이다.

간을 이식 받은 장로의 부부는 오직 주의 사자 가정을 뒷바라지하며 묵묵히 살아왔다. 교회의 모든 시설물을 짓고 고치고 정비하는 데도 심혈을 기울이는 성도들, 잔디 깎기와 잡초 제거 등 환경관리에 최선을 다하는 장로와 안사(안수집사), 권사, 집사들-.

방문하는 많은 이들을 위해 식당에 봉사하는 이도 많았다. 아베(시청각 교육)프로그램에 여념이 없는 전도사, 장로들- 누구 하나 불평

없이 자기 상급을 하늘에 쌓기 위해 애쓰는 이들이 참으로 귀하고 자랑스럽다.

이곳 젊은이, 학생들 또한 허튼 사람이 없다. 다 자기 할 몫을 다하며 건전하고 멋있게 길을 간다. 두각을 나타낸다. 성실함을 보여 준다. 이곳에서 이뤄지는 절기 행사 또한 특별나다. 수준이 감히 타 교회에서 흉내 낼 수 없는 독보적 경지였다. 이를 아는 교회들이 청소년 수련회며 여름캠프에 참여하여 교육을 받는다. 그리고 느끼고 깨달음을 얻는다. 그런 이들이 점점 많아지고 있다.

여긴 이제 전국에서 교인이 찾아오는 귀한 곳이 되었다. 새 길을 가기 위해 마음 여는 성도들이 모여드는 곳이다. 「와 보라!」 성경 말씀대로 살 의미를 알고 깨닫고 느끼게 될 것이다. 지혜와 믿음에 따라 소망을 갖게 될 것이다. 말씀을 배우고 행함이 확실한 믿음임을 알게 될 것이다.

믿음 속에 든 그들은 참된 신앙교육을 배우고 받아 왔다. 말씀대로 행함을 중요시 여겼다. 거울에 비춰 보거나 물에 비춰 보는 것 같이 서로의 마음이 비추이는 일도 많았다. 바른 신앙인은 "하나님이 우릴 살피고 바라보신다."는 것을 알고 있다. 언행은 물론 생각과 마음까지도 다 알고 계시는 하나님을 생각해 본다.

하나님은 가까이 오는 이를 좋아하시리라. 바르게 살려 애쓰고 노력하며 믿음으로 살면 싶다. 값진 이는 진정 믿음을 아는 사람들이다. 특히, 말씀과 사랑을 실천토록 애쓰는 이들을 보고 놀란다. 알게 모르게 남을 돕는 이도 많다. 그 길 가련다.

소소한 일들은 다 나열할 수가 없다. 애쓰고 노력하며 바른 신앙으로 살려 애쓰는 이들… 그들이 가까이 있어 편하고 즐겁다. 늘 기쁨과 편안함이 있다.

바른 삶의 길 가도록

주룩주룩 비가 내린다. 하염없이 비가 내린다. 큰 울음 우는 양 비가 내린다. 세상을 깨우고 맑게 씻으려고 비가 내린다. 세상을 맑고 깨끗케 하려고 하늘이 우는 듯 비가 내린다. 세상을 보며 깊이 우는 듯 비가 내린다.

어두운 것들과 흐린 산과 땅이 젖고, 길이 젖고, 눈에 보이는 어둠이 젖는다. 큰 기쁨인 듯싶다. 사방엔 흐림 지닌 풍경이 몸부림을 친다. 볼수록 새로운 길 가야 함을 생각하니 머리가 지끈거린다.

사람 사는 길이 바르고 평탄한 길만 있는 건 아니리라. 난관과 막힘이 없는 순탄함만 계속되진 않으리라. 때론 가시밭길, 가파르고 험한 소산도 있다. 구르고 넘어지고 미끄러질지라도, 가야 할 곳과 꿈이 있다면 참고 이겨 자기 개척의 길이 맑아져야 한다.

귀한 꿈을 향해 가는 길은 마냥 즐겁고 유쾌하다. 힘이 돋는다. 삶에 아무런 희망이 없다면 얼마나 힘겹고 고단하랴. 목표나 뜻이 없는 삶은 맛도 멋도 없는 삶이다. 그 삶은 어둠에 빠진다. 밝은 길이 열리지 않는다.

물질은 풍부하나 내적으로 제거할 거친 환경을 의식하지 못하면 그 삶은 어떤 곳에 도달할까? 현실을 극복하고 창조적 발돋움과 새로움을 지니련다. 마음에 변화된 삶의 불을 지피련다. 그 길을 가기 위해 구겨진 형식이나 추함을 벗어나야겠다. 새롭고 지혜롭게 생각이 트인 맑고 고운 길을 가야겠다.

진실한 마음의 꽃이 활활 타오르길 원한다. 우둔하고 답답한 마음은 접고 편한 삶 되길 원한다. 그러므로 세상에 너무 빠져선 안 된다. 자연스럽고 밝고 깨끗한 길 가려 힘써야겠다. 그 길 감으로 평화를 누리련다.

내 주는 꽃과 풀과 기쁨도 주시거늘, 무엇을 걱정하랴. 풀리지 않은 일은 아직 때가 도래하지 않았을 뿐이다. 바르고 선한 마음을 지닌 만큼 좋은 길이 열리리라. 그 길을 믿고 의지하며, 깨끗하고 맑고 밝은 생을 두련다.

삶은 어떻게 살며 무엇을 할 것인가에 따라 다르다. 날 살펴 편안하고 성실한 나날을 지니련다. 아직 오지 않은 일들을 염려하거나 아파하는 허함도 없도록, 그저 현실에 순응하며 성실히 살고 싶다. 세상의 형식을 벗어나 곧은길을 가려고 힘쓰련다. 형식에 빠지지 않고 곱고 선한 길만 가려 힘쓰련다.

환경과 세상의 실태가 언제나 맑고 깨끗할 수는 없다. 때론 별난 일들이 있어 고단한 길이 열릴 때도 있다. 세상이 비에 젖을지라도, 어둠과 아픔이 있을지라도, 날 깨우고 일으켜 새로워지고 싶다.

사람의 생각이 다 같을 수만은 없다. 느낌과 깨달음이 있어, 다시 위로의 시간을 연다. 허망 없이 기쁘고 즐겁게 살려 힘쓰련다. 정상에 오를 큰 꿈을 소망하며 열정을 지니고, 날이 밝든 어둡든 간에 거짓 없이 살련다.

기쁨이 넘치도록 자연적 삶을 살면 좋겠다. 자연인과 함께 순박한 길을 가고 싶다. 행복하고 편안한 삶에 깊이 빠지련다. 미치도록 열심이 있는 삶으로 깨인 길을 가련다. 편히, 만족된 삶을 살련다. 사랑과 기쁨 도는 편안한 삶을 살련다.

깨달음의 길 가도록
−부부는 감싸고 맞춰 가야 한다

연애 끝에 결혼한 한 부부에 대한 얘길 들었다. 그들은 알콩달콩 사랑했고, 뜻이 맞아서 결혼을 했다. 부푼 희망과 즐거움과 기쁨이 넘쳤다.

결혼의 삶은 사람마다 다르다. 서로가 좋아 결혼한 사람들 중에 위기가 오는 이도 있다. 그 삶은 생각과 정신 차이다. 영혼이 같은 길에서 만나지 못했거나 서로 감싸고 보호하고 행복하게 살려 힘쓰는 지혜가 부족한 탓이다. 그래서 삐걱 대는 것이다.

그들은 그들 사이에 깊이 골이 있음을 알게 된다. 아내는 행복한 시절을 생각했다. 그때로 되돌아가고 싶었다. 그들은 함께 여행을 다녀왔고, 업무차 지방에 간 남편과 동행해 보았다. 그때 남편은 "난 당신이 원하니 당신을 데려다주는 것이다."라 말했고, 아내는 속으로 "난 당신을 위해 동행해 준다."라는 생각을 했다고 한다.

말이 바뀌어야 함이 절실하다. 서로의 사랑과 기쁨과 즐거움을 표하며 감사해야 한다. 지난날을 돌이켜 본 아내는 자기 잘못도 있음을 느껴 남편에게 매일을 보냈다.

"지금까지 내가 잘못했어요. 사랑해요! 깊이 배려하고 아끼고 잘못도 다 감싸 주며 순조롭게 이기고 흘려보내는 일들이 너무 고맙습니다."

깊이 생각하니 눈물이 핑 돌았다.

우린 가정이 화목하고 행복할수록, 깊이 서로를 사랑할수록 꾸준히 발전하고 새로워지며, 자신의 본질을 향상키 위해서 끝없이 노력을 계속해야 한다.

"가까운 사이일수록 최소한의 예의는 지켜야 한다."는 말을 가슴에 새긴다. 부단한 자기 노력과 서로 맞추어 이루어 가려는 맘으로 이해하고 감싸는 길을 가야 한다. 서로 존중하며 관심과 배려를 다하는 지혜로운 길을 가야 한다. 겸손하고 성실하게 낮춰 상대를 깊이 아껴야 하며, 서로 존경받도록 자신의 개발에 최선을 다해야 한다. 그런 애씀이 없이 행복을 기대하는 건 어리석음뿐이다. 무엇보다 문제는 언제나 나에게 있다는— 생각을 소유할 때 두 사람의 대화창은 밝게 열릴 것이다. 자기 인성을 개선해 가도록 영혼을 깨우고, 느낌을 가꾸어 갈 때 난 웃을 수 있고 변화되는 것이다.

사랑을 위해 서로의 인격을 존중하고 인정하는 값진 삶이면 얼마나 좋을까! 행복이 사소한 것에서부터 무너진다는 것을 안다면, 우리가 어찌 작은 길이라 무관심하리요. 어찌 자신을 돌아보며 반성치 않으리오.

섬세하게 마음을 열고 사랑을 둔 부부 되자. 그 부부는 아름답다. 서로를 마음으로 껴안는 사람 되면 좋겠다. 결혼 생활이 불행하거나 힘이 듭니까! 그것은 내 노력과 생각이 부족함이요, 이해하며 곱게 돕고 아끼지 못한 내 불찰이다. 부부간 감싸고 잘못도 실수도 감싸며 사랑해야 한다.

내 스스로를 생각하기에 난 항상 옳다, 잘못한 것이 없다는 생각은 잘못된 생각이다. 나와 다르다고 해서 틀린 것이 아니라 생각이 차이다. 이것을 깨달아 상대를 이해하고 사랑하며, 그 큰 입장에서 자신을 살피자. 살피고 변하여 바른 길 가자. 이 생각을 둔 부부는 늘 행복하고 기쁘고 즐겁고 편안하다.

난 잘했다 하나 상대의 입장에서 곰곰이 생각해 보면 다를 수도 있다. 진정 필요하고 중요한 부분을 망친 건 아닌지, 내 생각만 옳다 여김이 아닌지! 더욱 성실하게 서로 감싸고

살면 싶다. 이해하고 배려하면 싶다. 서로 간 모든 잘못·실수를 사랑으로 감싸고 싶다. 모두 품어 주고 하하 웃으며 살고 싶다.

—

언제나 힘쓰고 싶다.

바르고 깨끗한 길 가도록 힘쓰며, 기쁨을 두고 싶다.

날 겸손한 인간 되게 하고, 이웃을 감싸고 도우며

밝은 길 가도록 지혜를 두면 좋겠다.

지혜를 높이기 위해 공부하고 배우며 힘 돋우고 싶다.

큰마음 열도록 힘쓰고 싶다.

2부 ____

큰마음을
열도록

사랑의 길 가며

한 부부가 된 이들은 서로를 깊이 감싸고 사랑해야한다. 부족하고 잘못된 실수가 있어도 이해해야 한다. 서로 간 모든 일을 진실한 사랑으로 품고 감싸야 한다. 오직 즐겁게 말하고 사랑하며 편안히 살아야 한다. 사랑은 한껏 아낌없이 주고받는 일이다. 내게도 이를 끝없이 준다. 진실 가득한 마음을 준다.

삶에 흔한 권력, 권세를 버리고 겸손하고 순수하며 진실하게 정성을 다함이 중요하다. 너절한 간판, 명예가 없어도 괜찮다. 가난함이 너덜해도 괜찮다. 다만, 소박한 사랑의 진실에 빠진 바른 길 가며, 밝고 맑은 길 가며 사람다운 사람이면 싶다.

잘못된 주변의 시선이나 간섭을 말없이 이겨야 한다. 무엇을 하건, 자신을 버려두지 못하고 꼬치꼬치 따지려 하고, 모르는 상황도 아는 척 간섭하는 이도 있다. 사람의 생각은 각기 다르다. 혹여 실수하고 잘못되었다 해도, 추하고 악하다 해도 말없이 이해하고 웃고 살아야 한다. 편안토록 힘써야 한다. 남에게 아픔·피해·간섭 주지 않고 깨끗하게 살자.

남이 어떻게 생각할까, 어떻게 볼까 너무 연연치 말자! 편안함을 위하여 자연적인 길을 가련다. 서열의식, 비교적인 콤플렉스, 세상 잣대로만 남을 판단하려 해선 안 된다. 직접 확인도 체험도 없이 남을 분별치 말자.

오지랖 실태는 바뀌어야 한다. 사사건건 알려드는 그 의식도 편하도록 바뀌어야 한다. 부족한 희생이나, 잘못된 기초부터 바뀌지 않으면 안 된다. 권위 의식이나 자기 욕심일 뿐! 배려나 상식도 없이, 지혜 진실도 없는 터전이어선 안 된다. 거짓뿐이요 양심 없는 허함이 널브러진 길 가선 안 된다.

언제나 깨어 있어 바른 길 가도록 힘쓰며, 배움과 느낌 두고 늘 깨달아 밝은 길 가면 좋겠다. 선하고 신실하고 맑은 길 가야 한다. 깨끗함과 아름답고 밝은 길 가야 한다. 언제나 밝게 살며 웃고 싶다. 편안하고 즐겁고 행복한 삶 되면 좋겠다. 그 길 가도록 힘쓰련다. 세상일들은 다 아픔에 두지 않고 쉽게 편안히 흘려보내고 오직 하나님만 의지하고 밝게 살련다. 나의 잘못이 느껴질 때마다 깊이 회개하고, 어떤 미움도 다툼도 없는 풍성한 사랑과 넉넉한 마음으로 살고 싶다.

하나님 보시기에 아름다운 삶이요 기쁨과 사랑되실 바른 길만 가고 싶다. 하나님이 아낄 그 길 가도록 힘쓰고 싶다. 세상을 초월한 큰 길을 가고 싶다. 하나님 말씀과 듯을 섬기고 배우며 바르게 행하도록 힘쓰련다. 맑고 깨끗하고 밝도록 힘쓰련다.

* * *

내 님이여, 도와주시옵소서!
맑고 선하고 바른 길 가도록 도와주시옵소서!

말의 묘미를 찾아서

시간을 귀히 여겨 버스 안에서 책을 읽고 있었다. 버스 안이라, 독서를 오래 할 수 없어 잠깐씩 읽고 외우는 방법을 택했다. 그러다 가면을 취했다.

한참 지나 실내온도 상승으로 가슴이 답답했다. 수증기로 인해 창밖을 볼 수 없고 땀이 나 코가 건조했다. 너무 답답했다. 그래도 참아보려 했다. 하지만 더 견딜 수 없어 도착 삼 십 분 전쯤 기사 옆에 섰다.

"기사님, 너무 덥네요. 온도를 낮추면 안 될까요?"

"일찍 얘기하지. 다 와서 얘기하면 뭐라 합니까."

말에 배려가 없고, 꼭 꼬투릴 잡고 싸우려 하는 사람 모양 억양이 높아 기분 상하게 했다. "네." 하든가. "아, 그럴까요."하면 될 것을 그리 말한다.

세상에 사람들의 생각과 언어는 다르다. 말로 존경스럽고 고운 이들이 있는가 하면, 아프게 하고 힘들게 하며 어려움을 주는 이도 있다. 사람은 언행에 따라 다르다.

느꼈는지 잠시 후, 스위치를 끈다. 더 뭐라 말하랴! 따짐도 할 만한 사람과 하는 법이다. 상황과 처지에 합당하고, 듣기에 기분 좋을 말들이 얼마나 많은가? 이를 느끼고 깨달음이 중요하다.

"덥다."할 경우 "아, 그런가요. 그럼 바로 끄지요."할 수도 있고, "미처 생각지 못했군요, 알려 줘서 고맙네요." 할 수도 있으며, "운전에 신경 쓰다 보니 그걸 몰랐군요." 하면 얼마나 좋은가. '이해하자-.'참고 마음을 달래며 잊기로 했다.

사람은 누구나 말과 생각에 따라 다르다. 오늘 현재 어떻게 사느냐가 중요하다. 바르게 살려고 힘써 노력하고 성실하면 그뿐이다. 원하는 일이 끝났으면 그만이다. 마음을 넓게 열자. 내겐 아무 일도 없었다고 여기련다. 사소한 일에 신경 써 봐야 마음 아프고 답답할 뿐이다.

자신을 다스려 마음을 편케 함이 더 소중함을 알련다. 이 일을 두고 살려 힘쓴다. 별난 깨달음을 둔 날이다. 그래서 마음이 더욱 편한 날이 되었다. 늘 새롭고 복된 길을 가면 좋겠다.

오직 하나님만 의지하고, 가족과 친한 이들에게도 사랑 두고 늘 날 살펴서 허함과 추함 없이 선한 길 가려 힘쓰련다. 바른 삶 두려 힘쓰련다.

바른 길 가고 싶다

준비되어 제자리에 있는 그릇이라야 사용될 가치가 있다. 사람도 이와 같다. 지식 넓히고 지혜 높이려 힘쓰련다. 어떤 그릇이 되느냐에 따라 쓰임이 다르다.

지혜를 둔 사람도 깨끗하고 온전한 그릇이 돼야 한다. 그래야 복을 누린다. 하늘 문을 여신다. 원하는 소원, 꿈을 이뤄주며 행복하게 하신다.

그릇은 충분히 깨끗하게 준비될 때 사용된다. 그 그릇이 되도록 깨끗하게 바뀌고 싶다. 죄악이 씻기어 깨끗한 그릇이 되면 좋겠다. 아직 부족하고 온전치 못하지만 애써 노력하고 싶다. 그것이 복의 길이요 소망의 길이리라.

날마다 새 길에 들도록, 힘쓰고 노력해야겠다. 전심전력하며 새 길을 가야 한다. 미련함을 버리고, 지혜로운 길 가도록 힘쓰고 싶다. 성공한 인물들에게 그냥 되는 것은 없다. 남다른 노력과 열정, 최선을 다한 기쁨이 있다.

자기 재능을 찾아 크게 열며, 열심히 도전해 가야 한다. 최선을 다하며 살다 죽겠다. 바르고 진실하고 선하게 끈기 있게 노력해야 한다. 그러기 위해선 현실에 충실해야 한다. 남에게 빠지기보다 자기 주관을 두고 살되 피해나 죄악 없게 범사에 특별함이 있어야 한다. 내 삶은 내가 만드는 것. 늘 깨어 새 길 가야만 한다. 명품 인생이 되도록 깊이 생각을 두고, 큰길을 가야 한다. 그 길을 가련다. 그 길에 가도록 늘 노력하며 살련다.

하늘 문이 열리도록 하나님 뜻대로 살려 힘쓰련다. 하나님이 돕고 인도하심을 감사하며 살련다. 겸손하고 선하게 바른 길 가려 힘쓰련다.

새로운 느낌을 두고

사랑은 받는 것보다 주는 것이다. 서로 사랑으로 뭉치면 큰길이 열린다. 청명하게 마음 두고, 순수하게 아끼고 감싸고 배려하는 일이다. 은초롱처럼 또르르 굴러다니는 삶! 여기저기 새 분위기가 생기게 하는 길 가면 싶다. 감동적이고 희구적이며 생산적인 길 가면 싶다.

마케팅만으로 책을 틔울 수는 없지만, 바른 생각을 열려 힘쓰련다. 성실하고 진실한 길 감도 행복의 비결임을 알고 바른 삶 살면 좋겠다.

아픔, 고통, 추함을 드러내는 이가 있어도, 모르는 체 편히 감이 중요하다. 오직 밝은 삶 꿈꾸며 이룰 이루려 노력하는 것이 중요하다. 책 읽기를 좋아하고 새롭게 변하고 발전키 위한 삶을 살면 싶다.

옳은 것, 좋은 것, 바른 것을 배워 내 것 되게 해야 한다. 그 길 가도록 힘쓰며, 자신을 변화시킴이 중요하다. 이 생각들을 품어야 한다. 마음의 변화, 귀한 소망이 이루어지도록 힘쓰는 삶이 되면 싶다.

어린 날부터 지금까지의 삶과 지혜와 명철을 살펴보면, 내가 얼마나 공부하고 배우고 노력하며 힘썼느냐에 따라 그 결과가 다르다. 자신의 삶은 자기가 만든다. 지식을 넓히고 지혜를 높임이 중요하다. 그 길 가려 힘쓰면 싶다. 새로워지도록 늘 힘쓰면 싶다.

명품 인생

가까이 선 이의 언어가 나를 누볐다. 애초부터 통제란 없었다. 자유혼으로 거침없이 달려와 마음을 휘젓고 다녔다. 그녀는 꾸밈도, 눈치 볼 것도 없는 솔직함과 마음이 담긴 진실함으로 한순간에 나를 깨우고 점령해 버렸다. 마음 구석구석을 훑고 지났다. 그물망에 바람이 통하듯 자유로웠다.

관심이요, 지혜다. 밝고 깨끗한 인연이었다. 그리하여 늘 나를 새롭게 개발하게 했다.

"그대에겐 나를 다 준다 해도 후회치 않을 것 같다. 그만큼 진정으로 사랑하니까."

그랬다. 그렇게 짙고 편하게 입을 열었다. 가슴이 무너지거나, 온통 하얗게 비어버린 허전함이 아니라 터질 듯 강한 힘을 지닌 느낌이었다. 겉치레 없이 온통 벌거벗은 속마음을 전하는 상황이랄까. 열린 생각에 순간적으로 오가는 감성이었다. 그만큼 생각도 쉽게 열었다.

열린 심오한 감성은 기쁨으로 왔다. 칭찬하며 성령 충만한 지혜로 살고 싶다. 편한 생각이 열리고 환한 달빛이 와 은은했다. 어찌 보면 창백한 빛깔인 달빛이었다. 그런 사랑이었다.

이렇게 사랑이 열릴 하나의 소설을 구상했다. 그 빛이 감성적인 친화력과 합리적인 사고 안에 자유롭게 피기를 빌어 본다. 순수하고 밝은 길 되길 원한다.

묵묵히 그리고 열심히 자기의 삶을 발전시켜 가는 사람은 진짜 멋진 사람이다. 추하거나 악하지 않고, 교만하거나 권위에 빠지지도 않는 고귀한 정신으로 사는 이는 참 아름답다. 겸손하고 선하며 맑고 정한 사람은 귀하고 아름답다.

이웃을 돕고 배려하며 진실을 느끼는 삶이고 싶다. 어찌 좁은 틀에 생각을 가두어 두랴. 영혼이 날갯짓하는 상황을 경험했다. 행복함을 느끼는 길은 자기 자신이 만들며, 힘들고 어려운 일도 자신이 열고 깨운다. 남의 일이 아니다. 그렇다면 아픔과 고통뿐인 고난도 긍정의 고개를 끄덕인다.

꿈을 지닌 사람으로 일생을 살고 싶다. 스스로 모든 것을 추월한 편안함을 누리고 싶다. 꿈을 지닌 사람— 꿈을 잃지 않은 사람은 행복한 사람이다. 그런 행복을 누리려면 꿈을 꿔야 하고, 부지런하고 성실하게 도전하는 생활이 있어야 한다. 원하는 귀한 일들을 행하는 기쁨이 있도록 끝없이 노력하면서 소박하고 겸손한 삶에 모닥불을 피우고 싶다. 일상의 삶에 혼을 심는 환희와 기쁨을 두고 싶다.

자연을 닮고픈 그 삶이 그립다. 자연이 그립다. 더욱 나를 꽃피우고 마음을 순화할 그곳에 이르고 싶다. 삶을 맘껏 열고 진실을 보일 수 있는 열정을 지니고 싶다. 창조적이고 복된 삶을 살며 자연과 친하길 원한다. 그 누구의 통제나 억압도 없는 자연인의 길을 가고 싶다. 구김도 없는 자유혼으로 깨인 삶을 살고 싶다. 소박한 자연에 젖어 살고 싶다. 약간은 타잔을 닮은 삶을 살고 싶다. 그 여건이 그립다. 자연에 묻혀 걱정이나 근심 없이 살고 싶다.

무엇이나 순수하고 순박한 삶을 살려 힘쓰며, 솔직하고 진실한 길을 열 순 없을까? 모든 욕심이나 타인과의 간섭도 버린 길을 가고 싶다. 듣고 배우고 느끼며 웃는 길을 가고 싶다.

고통이 없이 살아갈 그 땅이 그립다. 산, 들, 바다가 가까운 곳, 청정한 자연 속에 살고 싶다. 자연적인 습성을 맘껏 누리고 싶다. 편안하고 자유로운 길로 말없이 나아가고 싶다.

속히 그 삶의 초석이 놓이면 좋겠다. 그땐 이웃들에게도 더 즐겁고 기쁜 상황을 얘기하리라. 인생을 복되게 사는 길을 말하리라. 살아야 할 길을 이야기하리라. 자연스러운 삶을 통해 더 깊은 삶을 말하리라. 더 귀한 삶을 보여 주리라.

자랑과 교만이 아닌 그 길을 편안히 가고 싶다. 하나님만 섬기며 경건하게 살고 싶다. 선하고 즐겁게 살고 싶다.

그대에게

가슴이 아리도록 안에 담긴 이들이 있다. 곱고 맑고 진실하며 선한 삶을 살려 애쓰는 이들이다. 너무나 귀한 인연이 되어 마음 통하는 이들이다. 모두, 빛나는 이름으로 혹은 아픔으로 각기의 빛깔을 놓는다. 언제나 바른 생명의 길 감으로 인하여 영혼을 들추고 깨운 느낌이 좋은 이들이다.

지혜와 명철이 있어 맑고 섬세하며 불쑥 던져 놓는 말 한마디가 초 자연의 청정함을 전하듯 편히 오기도 했다. 생각을 깨워 충격적인 자극을 주기도 했다. 초원에 든 자옥한 달빛이요, 찬란하게 열린 하늘에 열리는 깨끗함을 둔 이들이었다. 열린 마음이 아름다웠다. 그들에게 정성을 다하진 못했으나 친하고 싶었다. 난 감성이 맑고 예민한, 멋진 얘기를 안에서 다 열지 못했다. 얼마나 안타까웠는지 모른다. 하나, 불쑥 전해진 이의 말이 폐부를 찔렀다. 밀려와 쏴아- 파동이 되어 날 뒤엎을 땐 심장이 팔딱거렸다. 마음을 다하지 못한 일이 참 미안했다. 가슴 아팠다.

사랑은 형식이 아니다. 주고받는 진실한 마음이다. 하나님이 주신 지혜와 뜻과 말씀으로 살려 함은 정말 값지고 바른 길이다. 하늘에 가고픈 길이다. 진정 그 길 가려 힘쓰며, 깨끗하고 맑고 선한 사람 됨이 참 복되고 아름답다. 순결한 길 가려 힘쓰련다.

깊이 생각해 보니 그대의 언어는 마디마디 샘물 같다. 튀는 매력과 울렁임이다. 내 마음을 흔드는 그리움이었다. 깨끗하고 곱고 맑은 믿음의 기쁨이요, 편안함이었다. 때론 기발한 느낌이 오는 그대의 말을 오래 듣고 싶다. 자주 들을 순 없으나 자연스러우면 싶다. 늘 편안하고 건강하며 행복하고 즐거운 삶을 누리면 싶다.

그대는 선하고 맑고 깨끗하다. 거짓 없이 진실하며, 누구든 상대를 배려하는 고운 생각을 바쁘고 복잡한 젊음의 시절은 갔으니, 쉽게 나눌 정이 곱게 오가면 싶다. 그 길 높이고 싶다. 마음을 열어 통함으로 웃고 친하면 좋겠다.

꾸준히 집중적이진 못해도, 하늘에 내일을 세우도록 오늘도 선하고 복된 길 가면 좋겠다. 하늘의 뜻대로 말씀대로 살며 행복한 길 가려 힘쓰련다.

이 시간은 안으로 깊이 깨워낸 인내의 시간이다. 가야 할 길에 편안함과 기쁨과 즐거움이 넘치면 싶다. 순탄한 나날 되길 바란다. 자연을 벗하며 편안한 마음 두고 살면 싶다. 아무 근심 걱정 없이, 욕심도 없이 순수하게 살고 싶다. 섬 속에 혼자 살듯 말없이 살고 싶다.

좋은 삶

좋은 이웃은 기쁨이 있을 때 함께 기뻐하고, 슬픈 일이 있어도 힘이 되고 위로가 된다. 진정 근신과 걱정 없이 배려하며 마음을 연다. 자신으로 인하여 아픔이 없도록(아니 있더라도 진솔하며 현명케 대처할 줄 아는) 마음 씀이요, 혹 아픈 일이 있어도 하하 웃으며 "괜찮아, 좋아." 할 수 있는 사람이면 싶다. 나쁘고 부족해도 좋은 말만 할 사람이다. 영혼이 바르게 된 이웃들이 모여 사는 길은 기쁨만 넘친다.

언젠가 그 삶을 이룰 때, 그때는 주기 위해 가꾸는 것도 푸를 지니와서 힘껏 편히 지녔으면 싶다. 원하면 시시때때로 그림 구경과 시 낭송은 편히 드러낼 터다. 아름다움이나 발전적인 삶은 느끼는 만큼 자기 것이오, 지식을 쌓아 깨우고 담대해질 공부를 하면 할수록 지혜가 크다.

젊은 때의 자극은 발전을 놓기 위함이요 훗날 위해 깨움이니, 오늘 하루가 힘겹고 고단해도 최선을 다해야 한다. 철저히 날마다 발전적 삶을 두기 위해 열정을 다함으로 맑고 환한 생각을 이뤄 가면 좋겠다.

삶 속에 진솔함을 두고 성숙한 인간적 관계와 성숙한 사랑과 열린 성숙한 걸음, 성숙한 일을 품으면 싶다. 그것이 나를 나답게 만드는 일이요 즐거움이기 때문이다.

꿈이 자릴 펴는가 보다. 새싹들이 돋는다. 맑은 꽃들이 피고 있다. 크고 순수한 길이 열리고 있다. 봄빛이 돋으니 산, 들, 바다에 가고 싶다. 자연에 돋는 향기를 담아, 집에 편히 배려와 정을 두고 싶다. 좋은 꿈을 가꾼 행복한 날을 희망한다.

오늘도 그 행복을 새겨 본다. 변화를 꿈꿀 생각도 지녀 본다. 날마다 즐거움과 기쁨을 누리고 싶다. 값진 밝은 편안함을 누리고 싶다.

복된 하루

아침부터 하나님께서 주신 재능과 은사에 푹 빠져들었다. 창작 활동의 새로운 길을 모색했다. 침상에 눕기 직전까지 명상의 시간을 즐겼다.

금년 하루하루를 좋은 일로 채워 횡재한 길이 되길 원했다. 그리하여 평온함으로 늘 자연과 벗한 삶이면 싶다. 금전적 부함과 행복의 여건- 중 하날 택하라면 기꺼이 나의 심금을 뜨겁게 할 행복을 택하리라. 하나님 말씀과 뜻대로 살려 힘쓰며, 순결을 바라리라.

한 벗에게서 온 편지에 이런 표현이 있었다.

"세상 근심걱정을 다 버리고 기쁨을 머리 위까지 높게 들어 올리겠습니다. 염려와 기도 덕분에 편히 잘 지냅니다. 주님 안에서 평안하세요. 하나님은 살아 역사하십니다. 오직 하나님 바라고 의지하며 사니 편안하고 즐거워요."

옳은 얘기다. 바르고 멋진 생각이었다. 날마다 삶 속에 동그라미를 많이 그리기를 바란다. 그에게 큰 갈채를 보내련다. 주변 실시와 시샘에 주눅 들지 말고 개성 있게, 힘차게, 앞만 바라보고 살아가길 빈다. 자신을 행복케 하고, 하나님께서 도우심으로 인하여 영광이 충만하기를 바란다. 편하고 즐겁기를 바란다. 오늘 지금 현재는 내 인생에서 가장 중요한 시간이다. 소중히 여기고 바르고 신실한 삶 살기를 바란다.

그를 생각하며 문밖을 바라본다. 어느새 더위가 느껴지는 계절이 와 있다. 건강관리 잘하고 지혜로운 사람이 되길 원한다. 그것이 더 큰 경지로 나아가는 길이리라.

도전하는 삶. 끝없이 개발하고 평생 배우겠다는 삶을 살자. 거기에 행복함과 삶의 여유가 있지 않을까! 느끼고 깨닫는 만큼 큰길이 열리고 기쁨이 넘친다. 남들을 의식하고 주관 없이 살기보다 내가 원하는 삶에 최선을 다함으로 행복과 기쁨을 누리면 좋겠다. 그 삶을 위해 열정을 높이길 빈다. 더욱 순수하고 깨끗하고 욕심 없는 삶이길 바란다.

내 삶은 내가 만든다. 내 삶은 내가 열고 내 삶은 내가 깨닫고 느끼기 위해 책을 읽고 공부하고 사람들에게서도 배우도록 지혜를 높여야 한다. 시기·다툼·미움의 길보다, 이해·긍정의 길 가거나 말없이 버리는 지혜롭고 큰 생각을 지녀야 한다. 명철함을 두어야 한다. 그것이 나의 노력이요, 하나님이 주심이다.

하나님 보시기에 추하지 않으려 힘쓰며 잘못된 상황은 회개하며 말씀과 뜻을 배우기에 힘써야 한다. 하나님이 주시는 기쁨은 그냥 오는 것은 없다. 세상의 삶은 그냥 되는 것은 없다. 언제나 깨어 있어 하늘을 보며 바른 길 가야 한다. 깨끗하고 밝고 선한 길 가야 한다. 걷고 또 걷는 길이 언제나 건강과 행복이 넘치면 좋겠다. 편안한 마음을 지니고 웃고 살면 좋겠다. 이 길 가려 힘쓰고 노력하는 삶이면 싶다.

만난 인연

후훗- 자기들을 위해 이곳에 이사를 온 우리네란다. 편한 인연들이 오늘도 기쁨 주는 특별한 날이었다.

"공기 맑고 환경이 좋은 곳에 와 즐거웠다."

안사람과 지인들이 한 말이다.

먹을 것을 준비해, 맑은 냇가의 한 언덕으로 이동했다. 맛난 인연의 줄을 새끼 꼬며, 수다를 늘리고 푸짐한 말들을 쏟고 있었다. 다양한 일이었다.

깨끗하고 시원한 물이 흐르는 골짜기가 산 가까운 곳에 텃밭이 있는 아담한 전원주택을 그려 본다. 작은 연못과 다리와 흉내 낸 폭포, 정원의 숲과 언덕과 나무와 그늘의 돌 탁자와 돌 의자를 그려 본다. 여름엔 찾는 이들과 함께할 길과 정원을 마련하고, 가을밤이면 풀벌레와 달과 별이랑 낭만에 젖는 삶이고 싶다.

텃밭에 온갖 채소와 먹을거리를 가꾸기에 여념이 없으리라. 밀짚모자를 쓰고 호미, 괭이, 삽을 들고 흙과 친하리라. 자연과 친해진 일상을 즐기며 얻는 기쁨을 누리고 싶다. 삶을 바꿔 땀도 흘리고 자투리 시간엔 독서를 즐기고 싶다.

산과 들을 벗하며 조용히 살고 싶다. 글도 쓰고 그림도 그리련다. 하늘의 꽃도 피우련다. 좋은 이웃들의 마음도 열어 보리라. 무엇보다 오염 없고 깨끗한 환경을 두고 웃어 보리라. 자연의 길을 가리라. 구석구석 정함과 편안함을 두고 싶다.

될 수만 있다면 인품과 인성이 바로 된, 깨달음과 느낌이 고운 이들과 마음을 주고받으리라. 인성이 바로 된 사람다운 사람을 만남은 편하다. 진실하고 선한 이들을 만나면 싶다.

크게 하나 되는 가치 있고 위대한 터전을 마련하면 얼마나 좋으랴. 욕심 부리지 않고 하나의 이상향을 열고 싶다. 뜻하고 원하는 것들을 높이고 싶다. 공동체는 아니되 공동체 같은, 하나는 아니나 하나같은 곳. 선함과 성실함으로, 따뜻함과 웃음이 넘치면 싶다.

소박함과 순결함을 사모하는 길을 만들고 싶다. 법 없이도 살 수 있는 양심과 배려와 깊고도 높은 생각을 지닌 이들이 곁에 오면 좋겠다. 그들 곁에 서고 싶다. 세심히 배우며 달라지고 싶다. 위로와 격려와 칭찬을 잘하며 남이 잘됨을 기뻐하고 공과 사를 분별하는 능력이 높아지면 좋겠다.

다만 말없이 살며 즐거움과 기쁨만 누리면 좋겠다. 사생활 간섭뿐 아니라, 공중도덕이 무엇인지 알면 싶다. 건방져 남에게 피해만 주는 사람이어선 안 된다. 진실한 행복과 기쁨, 즐거움을 아는 사람이고 싶다.

더불어 행복한 길을 가고 싶다. 길이 열리는 날은 알롱달롱, 기쁨과 즐거움이 넘쳐나리라. 쉬운 말과 평안이 돋으리라. 꿈은 꼭 이뤄지리라. 믿고 구하는 그 일들이 속히 이뤄지면 싶다. 웃을 날을 꿈꾸며 현재의 삶이 더 깨인 멋진 삶이면 싶다.

그 길 가고 싶다. 하나님이 기뻐하고 좋아할 그 길 가고 싶다.

그대에 대한 기억은

봄날이 꽃으로 핀다. 홍조를 띠운 봄이 부푼다. 사방에 사르르 퍼지는 향기들. 코끝에 스미는 향들이 내 몸 안의 자옥한 봄빛을 깨우고 있다.

사방에 즐거움이 퍼지고 있다. 싹이 돋는다. 꽃이 핀다. 안에 은밀하게 품어 온 것들을 열고 있다. 꽃향기만큼 멋진, 때론 봄빛 물결속에서 그 향기를 맡기도 한다.

그런데 그 향기만큼 좋은 향기가 또 하나 있다. 그건 사랑의 향기다. 인품의 향기요 언행의 향기다. 마음의 향기요 삶의 향기다. 삶속의 여유를 찾아 자연 속을 걷다 보면 유별나게 생각나는 일이 있다. 맑음과 깨끗한 생각들이다.

부드러운 음률 같은 몸짓으로, 청초함과 산뜻함으로 오는 사람이 있다. 기쁨으로 안에 드는 사람이 있다. 참신하게 생동감을 주던그대는 수줍음으로 속말을 살며시 드러내며 온다. 생각이 수수하고 아름답게 다가온다.

"값진 언행을 보이지 못해 미안하다."하던 날-. 절묘한 순간에 아끼며 내어놓던 말은 참 곱고도 감미로웠다. 어떤 말보다 또렷이 곱던 그 말이 향기로웠다. 말에 마음이 있음을 알기 때문이다.

오동통하지 않아도 기억 속에 있는 옛 모습 그대로의 그대가 더 좋고 예쁜 것을, 지난날을 인정하는 그대가 고마운 것을…. 잔칫날, 세 번이나 내 손을 잡아 주던 그댄 행복해 보여 좋았다.

"고맙다"-며 차분히 날 반기던 그댈 생각해 본다. 단아한 모습, 급히 떠나와야 할 나를 다시 돌이켜 보러 온 너를 보았을 때, 한복이 참 잘 어울린다는 생각을 했다. 비록 대화는 짧았지만 전해지는 느낌 하날 가슴에 담았다. 그때 만남의 시간을 소중히 여긴다. 다시, 내 기억을 새롭게 깨움으로 인하여 기쁘고 행복했다. 기쁨의 순간을 맛보게 했다.

청순하고 어여뻤던 아씨여, 그대 모습은 아직도 가슴 울렁임으로 내 안에 맺어들고 있다. 얼굴 붉던 그날! 황혼녘 새 인연된 날의 기억들이 열린다. 첫 편지를 받았을 때의 주체치 못해 팔딱이던, 가슴의 들뜬 고동소리며 그 묘하던 전율이었다. 마냥 행복하고 감미롭던 사랑의 날들을 어찌 잊겠는가.

인터넷에서 내 글도 다 읽지만, 곁에 글을 쓰진 못했다던 네 말! "'준'은 참 감동적이고 따뜻한 느낌이었다."했다. 곁에 짧은 글이라도 놓고 싶지만, 사람들에게 가십거리가 될까 봐 참았다던 그대. 사랑 시「그대가 있음으로」를 말한 듯했다.

조심스러운 맑고 고운 네 맘이 느껴져 난 기쁘다. 언젠가 왜 편지가 끊겼나 설명하던 그 말이 있어, 애틋함과 아릿함이 가슴에 젖는 지금. 사람의 마음 통함은 참 기쁘고 행복하고 즐겁다는 것을 느낀다. 우리가 신앙 안에서 믿음과 구원에 대해 대화할 수 있음을 더욱 감사해야겠다. 행복을 빌며, 좋은 친구로 삼아 있음을 기뻐한다. 평안하고 즐겁고 행복한 날들이 길 바란다. 늘 편안하고 건강하며 기쁜 삶 되길 바란다.

언제나 즐거움과 기쁨이 넘치길 바라며 마음의 은밀하고 고운 것들은 말로 전하는 순간에 그 빛이 크게 돋아 버린다는 말을 생각했다. 이제 침묵 속에 고요해야겠다. 그냥 말없이 살며 널 위해서도 기도하려다. 하나님이 보시기에 아름다운 삶 되도록 힘쓰려다.

삶을 결정하는 갈림길에서

멋진 감각, 큰 빛을 향한 소망과 가치 있고 위대한 꿈을 둔 사람은
열정이 있다. 꾸준히 행하는 노력이 있다. 특유한 밝음과 당당함이
있다. 거짓 없이 진실함으로 성실히 전진하는 바른 사람들의 꿈은
언젠가는 꼭 이루어진다. 가슴 뭉클한 기쁨과 뿌듯한 마음에 만족
감이 온다. 가슴 벅찬 기쁨이 온다.

고운 꿈을 지닌 사람은 아름답다. 거짓 없이 진실하려 애쓰는 노력
이 완전할 순 없지만 바쁜 삶을 살려 애쓰는 노력은 곱기만 하다.
그 삶을 생각할수록 코가 맵다. 눈시울이 붉다.

어릴 적, 뜰 위에서 멍석이나 화상 위에 앉아 하늘을 보며 하늘의
꿈을 꾸었듯이 오늘도 나는 그 꿈을 두고 있다. 세상을 살며 온갖
일들을 겪다 보니 인위적인 것보다 자연 그대로의 환경이 더 좋다.
거짓 없고 가식 없이 순수한 생각 두면 싶다.

조용한 일성을 계속하고 싶다. 맑은 것들이 가득하도록 날 높이고
싶다. 편안한 삶을 누리고 싶다. 무엇이든 경지에 오르려면 그만한
노력이 있어야 한다. 근심 걱정 아픔이나 고통 없이 자연적 삶을
누리고 싶다.

세상일에 너무 연연하지 말자. 마음 통할 사람이 곁에 오면 혼자
된 날에도 연연하지 말자. 작은 일에 너무 빠지지 말자! 내 삶은 나
의 것. 세상의 길을 걷고 행함은 편해야 한다.

때론 스치며 다가오는 사람이 있지만 곧 떠나갈 사람이다. 그 누구
도 안에 가둬 두고 붙잡아 매어 둘 수는 없으니, 모든 것들로부터

자유로운 생각을 두고 싶다. 힘겹게 연연하진 말아야겠다. 좋고 맛있는 만남은 기쁨이 있거나 쨍한 울림이 있거나 반짝이는 기쁨으로 온다.

그 삶을 누리려면 미움·다툼·비난 없이 품고 아껴야 한다. 헤어짐마저 그런 느낌을 두고 간다. 그 무슨 일이 있어도 편한 생각으로 살고 싶다. 헛되고 헛된 날에 날이 흐르면 그만인 것을…. 왜 번뇌하며 아파하며 괴로워하리요.

크게 마음을 열어 눈을 두고 마음은 하나님께 띄우고 살며 내 삶은 내가 바르게 여는 만큼 편안하리라. 하늘 문의 열림이 있음을 늘 깨달아야 한다. 다스리고 주관하며 베푸시는 분을 섬길 뿐이라. 신실히 믿고 바른 길 가야겠다. 그 길 가려 힘써야 한다.

사소한 일에 얽매이기보다 하나님 보시기에 고운 삶만 살고 성실하고 진실하도록 힘쓰련다. 순수하게 깊이 날 깨닫고 언젠가 떠날 세상 편안케 살련다. 거짓 없이, 욕심 없이 살려 힘쓰며 밝은 길 가련다.

하나님이 기뻐하실 삶, 하나님 사랑 안에 겸손히 살련다. 그 길 가면 좋겠다. 복되고 바른 길 가면 좋겠다.

주관이 있는 삶

숱한 욕망과 탐심과 문명의 이기를 벗은 후에야 진실함이 오듯 버릴 것을 버리니 비로소 평안이 왔다. 평안을 느끼니 참된 삶을 노래하며 기쁨을 누린다.

섬세하게, 더러는 민첩하게 깨어 있는 삶이 되길 원한다. 편안하고 순수하고 고운 나날을 만들고 싶다. 엉키고 답답하고 복잡한 부당성을 벗어나, 호젓하고 조용한 길을 걸으며 감각을 높이고 싶다. 깨어 있어 행복만 누리련다.

"서울에 살지, 왜 또 ○○으로 갔느냐."

한 친구가 묻는다.

"네가 날 보기 싫다 해서 볼 수 없는 곳으로 왔지!"

해 놓고 짙게 웃었다. 마음을 읽어 낸 친구도 수화기 저편에서 껄껄 웃는다. 서울에 오면 꼭 만나잖다. 좋은 이들 몇과 꼭 즐겁게 송년회를 갖자 한다. 참으로 성격이 괜찮은 친구, 밝은 언어가 많아 좋다. 추억이라는 공유의식을 한편에 놓아두려는 것이다.

한 여운으로 남을 길을 트면서, 얼어 가는 겨울 길을 딛고 싶다. 어릴 적에 자연과 친했듯이 자연과 친하고 싶다. 가슴 따뜻한 이야기로 길을 훈훈하게 하고, 맺힌 인연의 끈으로 기쁨을 노래하고 싶다. 밝고 맑게 살고 싶다. 오직 믿음 안에 살면서 배려하고 품고 베푸는 사랑으로 마음의 평안을 누리고 싶다. 어둠 없이 살고 싶다. 불가불 테를 만들어 가는 흔한 법칙을 인정하련다.

가진 자는 가진 자끼리, 잘난 사람은 권세 둔 사람끼리 살 듯이, 학연·지연끼리, 심지어는 갖가지로 공통분모를 찾아서 쉽게 끼리끼리가 되는 이 세상의 풍경이여! 그 숱한 조직의 별난 인연이여 무조건 뭉쳐선 안 된다. 끼리끼리 뭉쳐 추하고 악하고 더러운 길을 가선 안 된다. 당적·지역적으로 빠져 싸우며 거짓말하고, 다른 편 사람들을 무조건 미워하고 욕하고 반대해선 안 된다.

그것이 꼭 그렇게 수도 헤아릴 수 없을 만큼 많아야 하나! 옳은 것은 옳게, 바른 것은 바르게 받아들이고 칭찬하되, 잘못이 있거든 그것을 바꾸려고 힘써야 한다.

평소엔 왕래도 없는 삶이 아니라, 옳고 바른 길 가려 노력하고 힘쓰면 싶다. 누구나 기쁘고 즐거워할 수 있는 길 가면 싶다. 절실히 보고픔도 되지 못한, 그렇고 그런 모임이어선 안 된다.

세상이야 어찌 돌아가든, 나의 생은 내가 살고 내가 만드는 것. 흔들림 없이 기쁨을 누리고 싶다. 언젠가 있을 죽음은 사람에게 정해진 일이다. 세상의 삶이 끝나 하나님 심판을 받을 때 천국에 가도록 바르게 살아야 한다. 값지고 복된 삶을 살아야 한다.

내 인생이 끝날 그때는 지금은 알 수 없을 뿐! 다만 누구에게나 끝은 정해진 일이다. 그러므로 사는 동안 스스로의 기쁨과 즐거움을 누릴 깨인 삶을 살려 힘쓰련다. 바르게 살려 힘쓰련다. 깨닫고 느낀 삶 살려 힘쓰고 싶다. 시기와 질투, 분쟁도 없고, 선하고 깨끗한 삶 되면 싶다.

하나님께 인정받는 삶 되면 싶다. 하나님 향한 주관이 뚜렷한 곱고 선한 삶을 살련다. 명령과 말씀과 법도대로 살려 힘쓰며 철저하게 내 죄악을 끊게 공부하고 느끼고 회개하며 바른 길 가려 힘쓰련다. 말씀 듣고 순종하며 나를 깊이 낮춰 맡은 일에만 최선을 다하고 싶다. 사람이 거듭나지 아니하면 하나님 나라 볼 수 없다 했다.

사람들은 잡념도 많다. 다 버리고 하나님만 섬겨야 한다. 그것이 복이요 기쁨이다. 세상을 살며 깨닫고 느끼고 바꿀 것은 바꿔, 오직 하나님 말씀과 뜻대로 사는 것이 가장 좋겠다. 그 길 가려 힘쓰련다. 하나님 기뻐하는 삶 두려 힘쓰련다.

사랑을 위해 어쩌면 좋아요

숲은 열린 잎들로 바스락거리는 소리뿐이다. 그 소리에 귀를 기울이면 오묘하고 달콤한 숨결이 느껴질 듯해 귀를 쫑긋 세웠더니- 그대가 곁에서 내 옆구리를 친다.

날마다 배꼽 빠지게 하는 기쁨과 즐거움을 만나면 싶다. 그 맘이 빠져나와 내 팔짱을 낀다. 가슴 터지게 고운 사람, 한시도 내가 다른 곳에 빠져 듦을 용납지 않는다. 늘 마음과 뜻을 돋우고 평안과 기쁨, 행복이 돋게 한다.

내가 다른 이를 돌아봄은 허무다. 내 실수다. 하나님이 늘 곁에 계심으로 하나님만 바라볼 뿐이다.

주변의 자연도 숲도 나무도 지금은 우릴 위해 존재한다. 이 세상 그 무엇에도 빠지는 욕심 없이, 큰 자연인 되어 기쁘고 즐겁게 바른 길 가며 선하게 살고 싶다. 나뭇잎을 보며 움집을 짓고, 바람소리를 빌려다가 음악을 만들고 흐르는 맑은 물을 배에 채우고 싶다. 자연인으로 돌아가 꿈꾸는 사상을 들추고 싶다.

밝고 환한 얼굴을 두고 밝게 살련다. 언제나 감동과 관심과 사랑을 둔 삶은 곱고 편하다. 순수하고 아름답다. 언제나 그 길 가고 싶다.

하나님이 허락하시는 범위 안에서 굵게 살련다. 평안을 누리는 나는 온갖 것들을 다 초월하여 내 님과 가족과 즐겁게 살며 하루하루 행복함을 누리고 싶다. 내 마음은 또 당신을 품는다. 마냥 자연을 닮은 하나의 꽃이거나 바람이려오. 환한 웃음 두고 살려요.

길을 갈 때마다 나는 자유를 탐한다. 영혼의 날개로 날며 신성한 길을 따라가는 거기 하얀 꽃이 돋고, 젊을 날 마냥 순수함이면 싶다. 젊게 사는 비결을 스스로 체험하면서 자연과 어우러지는 구김 없는 순수함을 두고 싶다. 마냥 순수한 삶을 지닌 사람이고 싶다. 훗훗 웃고 밝게 살련다. 선한 마음 두려 힘쓰련다.

마음을 활짝 열고 서로 존경하며 살자. 하나님 안에서 성취하는 기쁨으로 행복한 삶을 살며, 온갖 근심 걱정도 다 버리고 세상을 초월한 길 가면 좋겠다.

넉넉한 사랑으로 서로를 품고 살도록 힘써야겠다. 사랑은 받는 것이 아니라 주는 것이다. 희생, 봉사, 존경하며 서로를 위해 노력하는 삶은 기쁘고 즐겁고 편안한 삶이 된다. 귀한 길만 열린다.

땀과 열정도 없이 쉽게 성취되는 것은 많지 않다. 무엇이나 노력하고 힘쓰는 만큼 큰 빛을 발한다. 이를 알고 마음의 웅심을 품어야겠다.

인생살이에 가장 중요한 것이 무엇인가? 이루고자 하는 희망은 가까이 있다. 내 안에 있다. 보고 듣고 느끼고 깨달아 늘 새로운 삶을 살듯, 선하고 맑고 깨끗한 마음으로 너그러운 자가 되면 싶다. 청결한 양심! 돕고 높이고 아끼고 사랑하며 삶의 꽃을 피우련다.

인생살인 언젠가는 끝나는 일이다. 하나님이 정한 일이다. 살아 있는 동안에 가족과 친근한 이들에겐 더욱 잘해야 한다. 신실하게 사랑해야 한다. 사랑하며 기쁨을 누려야겠다.

하나님 안에서 선하고 맑고 깨끗하도록 힘쓰며, 거짓 없이 넓고 큰 마음으로 하늘의 길 가고 싶다. 바르고 깊은 믿음의 길 가고 싶다.

그대가 그립다

삶의 길이 외롭고 힘겹고 아플수록 이기려 힘쓰련다. 언제나 웃고 편안하게 살려 힘쓰며 말없이 살련다. 세상을 바라보고 바른 길 가려 할수록 내면엔 따뜻하고 포근한 배려 둔 사람이 그립다. 관심 두고 친했던 이들이 그립다.

각막하고 삭막한 느낌은 현대를 살아갈수록 더 깊어만 진다. 어디론가 떠나고픈 방랑기 같은 것. 혹은 더 깊고 큰 적막감 속으로 파고들 산천을 생각해 본다.

마음과 생각이 통하는 그대가 그립다. 위로와 기쁨을 주는 길은 진정 마음을 다한 진실함이 아니던가.

변함없는 맑음으로 길을 열고, 작은 욕심까지도 버린 맘 두고 순수함으로 살 때 그 사람이 아름답듯이 세상을 비운 마음으로 평안과 안식을 누리고 싶다. 복되게 살고 싶다. 사소한 일에도 어려움이 따르는 어두운 삶이 아니라, 큰일들마저 가볍게 풀어 버리는 행복한 길이 펼쳐지면 좋겠다.

늘 마음 깊이 마주친 얼굴로도 전염되는 미소를 전하거나, 부족함 있어도 손 흔들며 천녀지기가 되는 친한 얼굴이고 싶다. 밝고 환하고 기쁨 쏟는 길 가고 싶다.

바라봄에 무슨 파악과 가식이 중요하랴. 있는 그대로의 모습으로 날 드러내 보이고, 있는 그대로의 너를 바라보며 아끼고 사랑함이 중요하다. 서로 아름다운 친구 되고, 맑은 벗이 되고, 맘을 열수록 젖어드는 영혼의 깊은 곳에 들고 싶다. 늘 그대를 귀하게 느끼며, 존재 가치를 인식하는 그 품에 머물고 싶다. 좀 더 시원하게 그댈 돕고 싶다. 그댈 부르고 싶다. 막힘없는 기쁨으로 널 바라보고 싶다.

사람의 길을 간파한 탓에 이제는 사람 사는 세상을 편하게 누리고 싶다. 조용히, 그리고 말없이 세상을 살며 하나님을 의지하고 진리를 호흡하며 주 안에 마음을 열고 싶다.

자유를 만끽하는 하나님의 자녀 되고 싶다. 그리하여 행복한 삶이 얼마나 좋으랴! 땀 흘린 만큼 형식과 틀을 벗어 버리고 밝게 살고 싶다.

누구나 더불어 사는 세상! 사람의 향기와 이웃을 먼저 배려하는 값진 사랑을 둔 곳에 서고 싶다. 가볍게 정말 말없이 구속 없는 삶을 살고 싶다. 미소 지으며 살고 싶다. 초연의 삶을 살고 싶다. 이를 위해 편안하고 순수하도록 선한 생각 지니련다.

바르게 살면 싶다. 삶엔 수심 어린 얼굴보다 가득한 웃음이 풍성해야 하고 희망과 원하는 소망이 넘쳐야 한다. 선함과 진실함과 도덕을 중시하는 운동이 바탕에 깔린 길에 살 만한 지식과 지혜가 넘치면 싶다.

명목적인 삶보다 깨닫고 느끼는 삶이 승했으면 싶다. 서로가 기뻐하도록 이웃을 배려하는 삶, 마음 통할 수 있는 선한 세상 되면 싶다.

무딘 신경들이 깨어나면 싶다. 이제 기본 기초부터 다시 시작하는 나라가 되면 좋겠다. 바르고 참된 것으로 새 물결이 일면 좋겠다. 진실하고 진정한 정신과 지혜를 두고 사랑과 믿음으로 새 길 열면 싶다.

무조건 싫어하는 정신보다, 느낄 것은 느끼고 배울 것은 배우며 받

을 것은 받아, 새 길을 가려는 이들이 많아지면 좋겠다. 밝고 아름
다운 나라 되면 좋겠다.

마음에 둔 한 동생에게

여보게 아우, 참 고맙고 감사하이!

미천하고 보잘것없는 재능인 것을- 붕붕 띄우며, 순수하고열정적이다 하니 고맙네. 하늘 높은 줄 모르고 겁 없이 고개 빳빳하게 들다 보면 그 교만뼈대가 툭 부러지리니 조심하려네. 새롭도록 애쓰려네. 세상에 빠지는 자랑과, 교만에 눈멀면 어찌 될까. 교만이 빳빳해질까 봐 여간 조심스럽지 않다네.

요즘은 어찌 지내시는가. 하는 일이 순조롭고 편안하신가. 오늘은 봄을 맞이한 자연이 운기 조식하는 모양이네. 아직은 드러나지 않은 지성이 편한 선을 이루는가 보이. 포근한 날씨 그대로 생을 이뤄 가면 좋겠네. 밝고 큰 삶의 길은 언젠가는 빛나리라 여기네. 무슨 일이든 때와 장소가 있다네.

이번 겨울은 구제역과 폭설과 강추위가 짙은 계절이군! 이 추위로 인하여 기분마저 뚝 떨어질까 두렵기도 하네. 하지만 무슨 일이나 시간이 가면 자연스럽겠지. 어려움과 고통도 다 해결될 것임을 믿겠네.

우린 자연의 아름다움을 찾아 여유를 즐기세. 딱히 설명할 수 없는 구속의 그물이 쳐진 압박감 같은 것. 봄엔 그 무거움에서 벗어날 수 있으리라 믿으려네.

잘 지내시게. 늘 건강하고 편한 삶이되길 바라네.

* * *

늘 친하게 정으로 오는 이에게 감사의 마음을 둔다. 언젠가는 떠나는 세상! 지속적으로 마음 열어 편히 대화할 수 있어 좋다.

서로를 돕고 사랑하며 바르고 즐거운 길 가면 좋겠다. 사람의 정이란 상대를 인정하고 높이며 아무런 부담 없이 마음을 주고받을 때 순조로운 문이 열린다. 그럴수록 마음이 편하고 즐겁다.

그 어떤 부담이나 형식도 없이 쉽게 말하고 편히 대할 수 있는 그대는 언제나 선하고 바르게 살므로 기쁨과 즐거움이 돋게 한다. 그대를 만나고 싶다.

고향 땅에 자연을 벗하며 사는 삶 되길 원하듯이, 고향 땅에 이르면 꼭 그대를 만나련다. 쉽고 편한 대화를 나누며 마음을 열련다. 살아온 일들을 얘기하며 평안을 누리련다. 기억에 남은 좋은 이야기를 나누고 싶다.

서정시 같은 그대여

마음에 둔 서정시 같은 그대여!

우리의 가슴에 진실을 담아 정직한 삶으로 지조를 새우고 싶다. 기다림 짙은 뜰에서도 강하고 확고한 믿음을 두면 좋겠다. 맑게 웃을 수 있는 서정시 같은 친구로 남아다오, 그대여.

천사의 눈에 어린 기쁨과 선함과 아름다움이 넘치게 생을 두고 큰 애정으로 더 멋진 정이 피어나게 해다오. 단순 명료하고 선한 언어가 감동으로 깨어나면 싶다. 마음을 빼앗을 따뜻함과 정겨움으로 날 흔들면 좋겠다.

그대는 내 안에, 난 그대 안에 있어 곱고 귀한 인물로 무슨

일이나 행복하게 서로를 느끼면 싶다. 쉽게 감추지 못할 기쁨의 눈물, 때 묻은 것이 범접 못할 깨끗함으로 진실함과 선함이 넘치면 좋겠다. 서로 편하게 생각게 되면 좋겠다.

믿음과 기도로 깨어 말씀대로 행함이 있는 삶이면 좋겠다. 믿음으로 더 바르고 따뜻한 사랑을 두고, 기쁨의 울안에서 아리따운 그대를 바라보고 싶다. 감싸고 아끼고 사랑하며 기쁨과 평안을 누리고 싶다. 그대를 더 편안한 생각으로 품고 싶다.

서로 부족한 부분은 다 이해하고 감싸며 살자! 세상에 완전한 인간이 어디 있으랴. 장점을 칭찬하여 힘을 돋우고, 부족하고 약한 점엔 응원의 박수를 보내고 힘을 돋우면 좋겠다.

서로 칭찬하며 기쁨 누리는 길 가면 좋겠다. 서로 위로하고 기뻐하며 밝은 길 가면 싶다. 서로 양보하며 합일점을 찾는 의견 조율과

먼저 나의 잘못을 알고 깨달아 더 발전된 길 가면 싶다. 어려운 일이 있어도 힘겨움 없이 그대의 모두를 품고 싶다.

끝내 함께 길을 가야 할 이여! 언제나 기쁘고 즐겁고 평안토록 힘쓰자. 밝고 맑은 길이 어디며, 무엇인가를 알아 행복을 지닌 맘과 생각을 품고 서로를 다 이해하면 좋겠다. 다정하고 따뜻한 길 가도록 힘쓰면 좋겠다. 마음에 둔 일들을 맑고 밝게 품고 이해하면 싶다. 그렇게 살도록 애를 쓰자.

정직하고 진실하게 살며, 언제나 우릴 하나님이 알고 계심을 깨달아 값지고 선한 삶 되도록 힘써야겠다. 잘못된 생각이나 죄악을 두려워하고 염려하고 의식하며, 깨인 맑은 지혜와 생각을 두고 살도록 힘쓰고 싶다.

하나님이 나를 보고 계심도 알아야 하리라. 일거수일투족의 언행심사도 헤아리시는 하나님을 느껴야 한다. 곱고 맑고 깨끗한 삶 되도록 힘쓰고 싶다. 하나님 믿음 안에 깨인 삶을 살고 싶다. 맑고 선함으로 가족을 아끼고 사랑하며 기쁨 두고 싶다.

더 큰 생각, 더 넓은 마음으로 살려 애쓰련다. 하나님 보시기에 바른 삶 되도록 힘쓰련다. 오직 하나님만 섬기며 밝고 선하게 살고 싶다.

환경은 깨끗해야 한다

어릴 적 오가던 자연 속엔 쓰레기가 없어 깨끗하고 좋았다. 버려질 것이 있다면 자연의 것뿐이었다. 사람들의 양심도 고와서 아무 곳에나 폐기물, 쓰레기를 두지 않았다. 그런 영향들로 어딜 가나 공기가 맑고 싱그러웠다.

그런데 지금은 산들 바다에 가 보면 지역마다 다르다. 깨끗하고 청결하지 못한 곳이 있다. 어디나 버려진 폐기물, 쓰레기가 있다. 쓰레기를 둠이 훗날 어떤 악 영향을 끼칠지 알면 좋겠다. 쓰레기 버리지 않도록 신경 쓰면 좋겠다.

환경, 양심이 나빠지는 만큼 국가나 인생도 망쳐진다. 때론 세상이 영향을 받아 걷기가 어렵다. 무엇보다 우린 정신력이 바뀌면 싶다. 나라가 새롭고 깨끗하게 시작되면 좋겠다. 젊은이들은 성실히 배우고 느끼고 발전하여 지식과 지혜를 높이고 자기 인생도 크게 높여 가면 싶다.

이런 말을 해도 관심이 없을까! 미치는 영향이나 문제점에 대해서도 깊이 염두에 두고 변화의 길 가면 좋겠다. 훗날 후손들에게 미칠 문제는 어떠할까? 현재는 느끼지 못하는 이도 있으나 갈수록 공기나 흙, 물을 오염시킴으로 말미암아 마실 물이 적어진다. 나쁜 성분들이 많아질 것도 의식해야 한다. 훗날에 다시 생각 날 것들이 오늘 의식되면 싶다.

이를 위해 모든 국민에게 바르고 선하고 맑고 강한 교육이 이뤄지면 싶다. 생각과 마음이 바뀌고 변화되면 좋겠다. 밖에 버리는 일이 없도록 교육되면 좋겠다. 그 길이 열리게 유치원, 초등학교에도 바른 교육을 열면 싶다. 무엇보다 인성 교육이 맑고 크고 곱게 새로워지면 좋겠다.

이젠 한적한 곳에 살고 싶다. 농사도 지으며, 사람 간섭없는 그 삶을 살고 싶다. 자연 속에 살고 싶으나 아직은 땅이 없다. 원하는 소망이 닫혀 트이질 않는다. 꿈을 둔 서적 출판의 길 또한 아직 뜻대로 안 된다. 쉽지 않다. 일들이 엉키고 꼬여 힘들기만 하다.

주변 환경 속, 숨이 막히는 사람의 언행들을 생각해 본다. 두렵고 무섭고 아픈 길 가긴 어렵다. 그저 자기만 알고 자신 위주로만 사는 이도 있다. 깨어 있어 순수한 마음 두려 힘쓰고 무슨 일이 있어도 다 초월하여 감싸고 이길 수 있는 큰 생각을 두고 싶다.

아무리 이웃 배려가 없어도 다 그렇진 않다. 말이 귀하고 진실하며 사랑이 든 이들도 있다. 마음이 바뀌면 좋겠다. 배려와 존중- 나보다 바르게 살려고 하는, 남을 귀히 여기는 그 마음이 넉넉하면 좋겠다. 그리하여 나라가 평안하고 즐거우면 싶다.

또한 환경 관리가 얼마나 중요함을 알고, 깨끗하고 정결한 삶을 유지하면 싶다. 마음과 생각을 깨끗케 두고 싶다. 아무 곳에나 버려지는 쓰레기와 폐기물들- 추함과 악함과 더러움이 미치는 영향을 깊이 생각하면 싶다.

그런데 그 영향을 알지 못한다. 말을 해도 지켜지지 않는다. 답답한 일이다. 가슴 아픈 일이다. 생각이 열려 마음이 속히 변하면 좋겠다. 바르게 교육되면 싶다. 깨끗하고 밝은 세상길 가면 좋겠다.

—
하나님 음성이 들려오지만 깨끗지 못한 이가 있다.
하나님을 느끼고 깨닫고
사랑받는 이는 자신을 바꾸려 힘쓴다.
행복의 근원이신 하나님 뜻대로 살려 힘쓰며
자신을 반성하고 회개하며 선하고 값진 길 가려 힘쓴다.
하나님 아는 이들은 자신을 낮춰 겸손하며,
하나님을 높여 섬기며 복된 길 가면 좋겠다.

3부 ──

밝고 맑은
삶을 두고

감동으로 오는 메시지

사소한 일로도 가슴 찡한 울림을 주는 이가 있다. 배려와 관심이 있는 정이 표현된 느낌은 곱기도 하다. 정직하고 바른 삶의 길 가는 마음을 드러내지 않으려 한대도, 느껴지는 큰길을 볼 때면 가슴이 훈훈해지고 즐거워진다. 진실하고 정결한 맘이 드러남으로 가슴 뭉클해진다. 작은 일도 마음에 진실을 다한 일들은 언제나 아름답다.

대화를 편히 나눌 수 있는 사람이 곁에 왔다. 대화 중, 메시지 하날 보여 준다. 느낌을 두게 한다.

"여보, 더운데 일하느라 바쁘지요. 이곳은 후덥지근하더니 비가 오네요. 늘 건강하고, 오늘도 승리하길 바랍니다. 사랑해요."

한 편의 메시지가 감동으로 온다. '아~예쁘게 사랑하는 행복한 부부구나.'하는 느낌을 받았다.

인연 된 가장 가까운 이에게 정을 쏟고 있었다. 마음과 정성을 다함은 고귀한 일이다. 이렇게 고운 마음을 주고받음은 복된 일이다. 관심의 표현에 맑은 사랑이 있는 메시지가 고와 글감으로 쓰길 원했다. 흔쾌히 허락된 터다.

안에 담고 있는 사랑도 좋지만, 확신과 믿음을 주며 행복을 느끼게 하는 것은 너무나 좋다. 가슴 뭉클한 떨림과 감동을 전하는 새 길을 열기 때문이다. 사소한 일로도 감동을 주기 때문이다. 마음 가까운 부부를 볼 수 있어 참 좋았다.

이겨야 할 아픔

아직 평안함과 위로의 터에 기쁨을 다 채우지 못했다. 강한 마음을 깨긴 쉽지가 않다. 넉넉함을 두기도 어렵다. 마음의 넉넉함이 없어 베풂도 부족한 상태다. 마음의 빈천함 때문이리라.

고난이 있을 때도 남다르길 원하나, 남과 다를 바가 없다. 해결의 방법 찾기가 쉽지 않다. 어쩜 그리 많은 고통과 아픔과 어려움이 쌓이는지 모른다. 더 크고 높고 가치 있는 것들을 품을 수는 없을까! 답답한 아픔이 컸다.

하지만 근심 걱정 없이 새 길 가길 빌며 다시 깊고 진실한 신앙을 소망했다. 영적 깊이가 있는 신실한 믿음 지니길 원했다. 세상에 빠지지 않고 오직 하나님만 바라련다. 형식이 아닌 온전한 믿음을 지녀 말씀대로 살고 싶다. 세상일을 다 내려놓고 얽매임 없이 소풍의 길을 가고 싶다.

필요한 지식을 둔 노트를 폈다. 믿음의 진로였다. 뜻을 합한 길을 가기 위함이었다. 품고 이해하며 즐겁고 기쁘고 행복해야 하건만, 내 원하는 바가 너무 짙어 무리한 부담을 준 건 아닐까!

한 아이 "주일만 잘 지키면 되지 않느냐?"한다. "쉬고 싶 다. 여러 날 바삐 일했고 잠도 부족하다."했다. 그 말을 되짚어 보았다. 힘들고 아프고 어려웠으리라. 고통도 많았으리라.

물론, 일주간에 3-4시간 잔 날들이 있다는 걸 안다. 쉬고 싶고 잠을 자고 싶으리라. 고난을 벗고 싶으리라. 그래도 신앙의 자세, 믿음의 깊이나 사회 지식, 그날그날의 삶을 정리하는 방식 등 고쳐야 할 것이 있다.

그 일 원하다 보니, 내 말에도 문제가 있음이 느껴졌다. 사랑과 배려, 이해를 위한 편하고 정한 말을 했어야 했다. 세심한 배려로 듣는 평안함을 고려치 못했다. 그렇지만, 예배 불참은 고쳐야 할 일임을 강조했다. 그것만은 무심할 수가 없었다. 관심을 높이고 싶었다.

믿음이란 주께서 오신 것과 십자가상에서 내 죄를 대속키 위해 보혈 흘리심을 알고 최선의 길을 가야 한다. 그것이 전능하신 창조주께 복 받는 일이요 인정받는 길이다. 주의 피로 죄 사함을 받고, 믿음으로 천국에 이름이다.

성령의 역사에 체험 신앙을 살며, 하나님 편에 서고 싶다. 하나님을 경외하고 말씀에 순종하며 말씀대로 행하는 것. 그 말씀 속에 살려 몸부림치고 싶다.

아이에게 아픔을 더하지 않으려고 말을 줄였다. 변화를 감지하라는 의도적인 태도다.

석식 후 성전에 갈 준비를 했다. 그동안 옆지기의 설득도 있었는지 함께 집을 나섰다. 함께 교회에 가 예배를 드렸다.

지금 가르치고 고치지 않으면 언제 바꾸랴. 언제나 새롭게 믿음이 자라 확실한 주님의 자녀가 되기를 원했다. 늘 믿음이 온전토록 힘써야겠다. 하나님 바로 서도록 힘써야겠다.

그 눌 이야기

외국 나들이를 갔다가 졸지에 맘 예쁜 사람을 만났는데, 알콩달콩 정이 오가고 다감도 하여 한곳에 터를 잡았단다. 영리하고 눈치 빠른 그녀는 참 빠르게 적응했고, 영혼이 맑아 너무 사랑스러웠단다. 하루는 일에 빠진 이가 귀가를 못 해 그와 통화를 했단다. "이이가 갑자기 바람인가 봐. 문 닫고 안 열어 줄 거야."

"간장 녹이려 하지 마. 일이 바빠서 그런 거야."

"그럼 미리 얘길 해야지. 말도 안 했잖아."

"지킬 것을 잘 지켜. 그렇잖음 땡이다!"

"염려 마. 우린 외눈박이 물고기 비목이니까."

"난 외국 갈 땐 혼자 못 가. 널 끌고 갈 거야. 강제로라도."

그 후 소식이 끊겼다. 연락이 안 되었다-.

그 이야기를 듣고 가슴이 알알했다. 그리움을 채우는 날이 빛의 고통으로 곱듯, 생각이 달콤한 무게를 더했다. 마음이 서로 비추이는 길엔 선한 꽃이 핀다. 곱기만 한 꽃은 시들지 않는다. 기억 속에 곱게 남아 있다.

국화와 나리꽃 향같이 은은한 향이 밀물져 온다. 떨리도록 섬세한 배려가 와 닿을 때나, 말하지 않는 말마저 면면이 느껴질 때, 확- 전해져 오는 진실 같은 것이다.

영혼과 생각이 맑고 아름다운 이에겐 늘 향기가 있다. 좋은 만남은 언제나 빛이 되며 미소를 지니게 한다. 가슴이 촉촉이 젖어 비틀거릴 때까지 그 빛에 이르고 싶다. 그 빛을 닮고 싶다.

아픔을 두고

살펴보면 이 세상은 너무나 무섭게 약아져 있다. 돈에 대한 욕심과 사기로 너무 막된 곳이 많다. 영리하고 약삭빠르며 쉬 돈을 빼앗는 사람마저 선호한다. 잘 사는 길- 돈 버는 길만이 우선이요, 우상화되고 돈을 잘 버는 쪽만 몸 터지게 집중하는 기현상을 빚고 있다.

치우친 세상! 더러는 자랑과 교만으로 세상을 무너뜨린다. 어떤 이들은 좌절하며 살기 다툼에 힘겨워한다. 아예 같이 가고 어우러져 사는 길을 지워 버린다. 투쟁의 길에서도 이기려고만 한다.

선하고 마음 여린 이들이 살기엔 어렵고 험한 세상이다. 정한 표와 돈, 권세가 없으면 내몰릴 수밖에 없다. 끼리끼리 잘 살고 편하면 되고, 나만 잘되면 된다는 인식이 흔하다. 남의 아픔이나 고통은 안중에도 없다. 극단의 길을 향해 치닫는 일들이 무섭다. 인성과 감성이 쉬 죽어 가는 세상이어선 안 된다. 그건 슬픈 일이다.

밀짚모자를 눌러쓰고, 괭이와 삽을 벗 삼아 텃밭 하나 두고, 새로운 삶을 가꾸고 싶다. 험한 세상에 빠지지 않고 자연의 길을 가고 싶다. 자연과 어우러진 풋풋하고 소박한 걸음을 걷고 싶다.

아 아- 자연 속에 거하는 그 삶이 그립다. 한 사람도 외면당하거나 등한시되지 않게, 따돌림 당하지 않게, 애쓰는 그런 땅이 그립다. 바르고 깨끗한 그 삶이 그립다.

그를 만나다

사랑이 무엇인지 깊이 대화할 이를 만났다. 대화의 끈을 이어 가며 긍정의 고개를 끄덕였다. 사랑은 구속도, 발목을 잡는 것도, 욕심도 아니며, 바라만 보아도 기쁘고 편안하다는 것만으로도 행복한 일이다.

우린 육이 아닌 영혼의 울림이나 전율, 뭉클한 감동을 전할 말을 지녀야 함을 느꼈다. 배려와 관심의 귀함을 느꼈다. 행함과도 어우러진 속 깊은 배려의 달콤함을 느꼈다. 마음을 다 연 맑게 핀 생각의 선함이었다.

떨림이 왔다. 순수함과 진실함을 두고픈 의도랄까. 사람다운 사람과 진실로 사랑을 주고받음은 행복한 일이다. 사랑은 허한 조건 없이 마음을 주고 기쁨을 누리는 것이다. 일편단심으로 기쁨과 즐거움을 주고받는 일이다.

순수하고 절실하며 마음을 다한 정을 지닌 사랑은 곱다. 자기 유익을 구하기보다 성냄 없이 참고, 믿고 인내하며 베푸는 삶을 산다. 바르게 살려 애씀은 멋지고 아름답다. 돕고 품고 아끼고 기뻐하며 평안을 누림과 같다.

싱그럽게 애지중지하며 마음을 다해 사랑하고 싶다. 진실하고 맑고 선하며 순박함으로 삶의 길을 가련다. 마음을 다하련다. 듣고 느끼고 깨달아 편한 마음을 두련다. 이해하고 품어 주고 기쁨을 주련다. 아프거나 괴롭지 않은 삶을 살련다. 그 누구에게도 아픔 주지 않도록 힘쓰는 길 가면 싶다.

끊임없는 노력과 창조성

싱그럽게 푸릇푸릇한 흔적을 두고 무던히도 넓고 큰맘으로 바쁜 열성을 두던 날은 힘겨워도 확고한 성과를 이뤘다. 지금도 건강하고 평안하고 즐거운 시간 만들며 기쁨 넘칠 일을 행하고 싶다. 둔하고 하한 정신은 벗어나 깨끗하고 맑고 강한 길 가려 힘쓰며, 이젠 내 생이 강해야 큰 느낌을 얻을 수 있음을 깨달으련다.

맑고 깨끗하며 자기 생은 자신이 만든다는 것을 안 사람만이 더욱 발전되고 복된 길을 간다. 가족과 친척과 가까운 사람과의 사랑을 나눔에도 깊이 깨달음이 중요하다. 관련된 이들을 위해 울어도 볼 밝고 포근한 마음은 따뜻한 사랑을 연다.

열심히 자기 삶을 살다 보면 이웃의 소중함과 시간의 귀함도 알고 겸손하고 순수한 길 가도록 힘쓰며, 잠잠히 나 자신을 돌아보면 좋겠다. 진취적이고 발전적인 길을 가고 싶다. 살아야 할 시간들에 보람과 긍정과 기쁨이 넘치도록 힘쓰련다.

나는 내 생의 길에 더 활력을 불어넣어야 하고 불필요한 길의 허비가 없도록 더 고귀한 삶을 영위하면 싶다. 과감히 버릴 것은 버리고 남길 것만 남기는 결단이 필요하다. 고귀하고 위대한 것에의 소망을 품고 더욱 적극적이며 치열한 삶을 살고 싶다. 새로워야겠다. 더 열심을 둔 건강함도 이루고 싶다. 불가분하게 거침없이 힘쓰고, 그리고 깔끔하게 이룸으로 돋는 성취의 길에 평안을 누리고 싶다. 그 누구에게도 아픔이나 피해 주지 않도록 힘쓰며 살련다.

곁에 깨끗하고 따뜻한 마음이 통하는 사람들이 있으면 좋겠다. 욕

심 없이 관심과 배려를 두고, 진실하고 순결하며 선한 정성을 두면
싶다. 우정은 진실하고 변하지 않을 때 아름답고, 사랑은 순결하고
맑은 영혼일 때 아름답고, 만남은 느낌을 주고받을 때 아름답다.
세상일은 예절과 배려와 진실한 믿음이 넘칠 때에야 아름답다. 나
는 아름다움을 찾아 인생길 가는 시리도록 눈부신 생각과, 자연을
닮아 허상에 얽매이지 않는 길 갈 때 아름답다.
사람들의 생각은 각기 다르다. 어떤 이는 무거운 것을 싫어하고,
어떤 이는 밝고 환한 것을, 또 어떤 이는 사랑이 넘치는 이야기
를…. 어떤 이는 가벼운 것을, 어떤 이는 무작위로 감을 좋아한다.
난 언제나 편안한 공간이 열리면 싶다. 행복, 건강, 편안한 삶을
누리면 좋겠다. 선하고 떳떳하게 나 자신을 지키며, 평판도 좋은
사람 되면 싶다. 새로운 깨달음을 두고 느껴 바른 길 가면 싶다.
다만 조용히, 요란치 않게 살고 싶다. 내 삶에 성실함과 선함과 불
꽃이 피어오르면 좋겠다. 선하고 맑고 밝은 삶 두고 그 누구에게나
편히 말하고 싶다. 그 길 가려 힘쓰련다. 편안하고 즐거운 삶 되도
록 힘쓰련다.

나라의 생활 중엔

낭만도 멋도 자연도 버린, 겉보기가 그럴듯한 외형만 높이는 문화가 버젓이 도시를 점령했다. 때때로 아랫집 베란다에서 피워 올리는 담배연기로 창문을 닫을 수밖에 없고, 위쪽에서 집수리가 한창인지라 뚝딱대며 시끄러움은, 글을 쓰려 해도 생각을 집중할 수가 없다. 뚝딱대는 저 소린 언제쯤 멈추려나?

어느 층에선가 거칠게 문을 여닫는 강한 충격음도 그렇다. 가끔씩 빽빽대는 차량의 경보음이며, 밤늦은 시간에 아파트 앞에서 큰소리로 떠들며 신경 쓰이게 하는 이들도 있다.

도시에서의 삶은 누구나 이웃을 배려하고 시끄럽지 않아야 하며 아름답고 깨끗함이 있어야 한다. 누구나 자기 자만과 팀만의 욕심을 버리고, 인정받고 칭찬받을 바른 삶을 살아야 한다.

자기 나름 좋은 일한다며 온갖 잡상인을 불러들여 방송까지 해대는 부인회도 생각해 본다. 여러 사람이 공유하는 상하 앞뒤의 수많은 공간들도 그렇다. 누구나 이웃을 생각하고 배려함이 넉넉해야 한다. 그리함으로 서로 간 복된 대우가 많아지면 싶다.

그 누구에게도 빠지지 않고, 말없이 이해하고 감싸며 깨어 즐겁고 편하도록 힘쓰련다. 오늘 현재 시간을 값지고 복되게 살며, 깨어 평안 행복함과 기쁨과 즐거움을 누리도록 마음을 열련다.

사람 가는 길은 언젠가는 끝난다. 그때는 알 수 없을 뿐! 누구에게나 정해진 일이다. 그러므로 사는 동안 늘 새롭고 깨끗하고 밝게 살면 좋겠다. 늘 새로운 운동이 일어나면 좋겠다. 늘 깨어 선하고 아름답고 복된 길 가면 싶다.

오직 하나님만 바라며 주님이 기뻐하고 사랑할 길 가려 힘쓰고, 주님께 영광 돌리도록 선하고 밝게 살려 힘쓰련다. 주관이 뚜렷한 삶을 살련다. 세상의 욕심을 버리고 맑고 밝게 깬 마음으로 길을 가련다. 어둠이나 미움, 다툼에 얽매임 없이, 난관을 초월한 편안한 길을 가고 싶다. 모두를 다 벗어 버리고 둔함 없이 살련다.

마음에 근심 없이 하나님만 믿고 살리라. 화냄과 미움, 다툼, 싸움도 없이 말없이 조용히 살면 싶다. 하나님을 믿고 연합하며 근심 없이 살고 싶다. 확실한 결정 두고 하나님 뜻대로 살려 힘쓰고 싶다. 선하고 맑은 길 가려 힘쓰며 깨끗한 길 가면 좋겠다.

겸손하고 신실하며 깨끗케 살자! 편안한 길 가련다. 말없이 살련다. 넉넉한 마음으로 살고 싶다. 순수하게 살고 싶다. 변화를 꿈꿔 본다. 욕심 없이 소박하게 살면 좋겠다. 매일 그 길을 가며 더욱 새롭고 싶다. 하나님만 의지하며 편안하게 살고 싶다.

배움의 느낌을 위하여

자신은 늘 깨워 발전하고 큰길 가려 힘쓰는 만큼 발전적인 큰 인물이된다. 마음과 생각을 키우고 높여야 한다. 이를 위해 지혜로운 자를 두려워 말고 지혜를 배워 내 것으로 만들면 싶다. 이 일을 이루고 싶다.

또한 높아져도 스스로를 낮춰 겸손토록 힘쓰면 싶다. 돌아보자. 자연이 깨끗한 곳이 아름다운 것처럼, 자신도 깨끗하게 낮추는 만큼 아름답고 선명해지리라. 순수함 짙은 곳엔 복이 있다.

죄와 허물을 버린 깨달음이 중요함을 알아, 깨끗한 지혜가 충만하면 싶다. 깊고 높고 넓은 생각을 두고, 더욱 복되고 환한 길 가면 좋겠다. 겸손함과 침묵으로 인내하며 밝은 길 감으로 크고 귀한 인물이 되면 싶다.

고난과 고통과 고독의 길도 감싸고 그냥 다 이기는 평안을 도우면 싶다. 자신의 은혜 베풀어 기쁨 충만하면 싶다. 허망은 버리고 순수하고 정결한 삶 두면 좋겠다.

언어와 행실이 날마다 새로워지면 싶다. 정직하고 깨끗한 길 가도록 힘쓰면 싶다. 늘 찾아서 선하고 진실하고 정직한 인물 됨이 아름답다.

젊을 적 군 시험을 볼 때였다. 시험 끝나 시험실 밖 도로에 섰을 때다. 어떤 이들이 내가 지닌 매형의 시계를 훔쳐 도망가 버렸다. 또 고등학교 3학년 시절엔 공무원 시험을 보러 가자던 학교 친구가, 마지막 날 가자고 해 전한 날에 갔더니, "어제 끝났다."했다. 시험을 보지 못해 가슴이 아팠다. 모든 일들이 그렇다. 자신이 힘쓰고 노력하는 만큼 다르다. 늘 새 길 가야 한다.

밝은 생을 꿈꾸며

삭막함이 흐르는 계절을 느낀다. 서걱대는 억새와 들풀들, 앙상한 생각을 살펴본다. 왠지 고독하고 쓸쓸한 터전인 것 같다. 혼자 빛도 없는 산길을 걷는 듯 쓸쓸함이 있다. 쓸쓸함과 고독함을 나눠 보고 싶다.

어둠이 깔린 길에 길동무도 없는 외로움도 열어 보련다. 지금은 그 누구도 만날 수 없지만 불편하진 않으리라. 불러도 다가설 이는 없다. 사방을 둘러본다.

문득 생각나는 일이 있다. 어릴 적엔 옷도 기워 입고, 한겨울엔 양말도 없이 살았다. 구멍 난 옷을 기워 입는 것도 아무 상관이 없었다. 생각과 마음은 무척 편안한 나날이었다. 지금은 바쁜 일상, 기울 수 없는 생각, 그 삶이 문제다.

외모는 거죽에 불과하다. 그것은 형식과 비슷할 뿐이다. 감동의 불을 켜 그대에게 비추고 싶다. 힘들고 어려운 일들이 나를 짓눌러도 편히 웃고 싶다. 시간이 지나면 다 잊힐 문제다. 그러므로 여유로운 마음을 지닌 채로 살고 싶다. 소박하게 살려 힘쓰련다.

그대를 알고부터 내 생각과 그릇이 더욱 커 가길 원한다. 끝내 기쁨의 울음을 울 일도 그대와 같이하고 싶다. 그것을 현실로 느끼고 싶다. 공허함이 나를 품는다. 기쁘고 즐거운 일이다.

그대의 목소리를 들으련다. 그대의 현상을 느끼련다. 고독함이 있어 아파하고 슬퍼함이 있어선 안 된다. 그대의 목소릴 들을 때면 마음이 울렁일지도 모른다.

진실과 사랑, 기쁨만 누리며 편히 잠들고 싶다. 슬픔이나 아픔, 고통은 다 잊고 깊이 생각을 깨우고 싶다. 마음을 풀지 못하고 오늘은 왜 이렇게 절절한 고독감이 있어 먼저 나를 흔드는지 모르겠다. 참 별난 일이다. 아무것도 손에 들지 않는다.

선하고 진실하게 살며 이웃을 배려하는 그대가 그립다. 나도 그 길 가려 힘쓰고 싶다. 언제나 새롭고 밝도록 힘쓰며 마음을 풀어야겠다.

밝게 생을 꽃피우고 싶다. 붉디붉은, 아픔이 들어 울음을 울게 해도 괜찮다. 참회하고 반성하며 자연적인 길을 가고 싶다. 욕심을 벗고, 오늘이 내 최후의 날인 양 살고 싶다.

하루하루를 즐겁게, 뜻있고 값지게 살면 좋겠다. 천천히, 차분하고 환하게 웃으며 살고 싶다. 흔들림 없이 편안한 마음으로 살고 싶다.

이 마음을 품으므로 결코 흔들리지 않을 줄 알았다. 끄덕도 않을 줄 알았다. 예전엔 내 안에 그대의 자리가 이렇게 큰 줄을 몰랐다. 그대여! 평안과 위로, 기쁨과 행복을 말하고 싶다.

아니다. 아니다. 말없이 그 행함을 두련다. 침묵하며 그냥 마음을 곱게 행할 뿐이다. 안으로 울음 울지라도 아닌 듯 조용히 살련다. 그대의 언어들이 꽃으로 피도록 긍정적으로 가련다. 어둠 없이 가련다. 두리둥실 웃으며 살련다.

그대의 심장을 느끼려고

슬며시 스며드는 찬바람에 빠진다. 춥다. 몸도 마음도 춥다. 다 팽개치고 무인도로 튈까. 한동안 해방 불명인 양 살다가 온 사방을 휘젓고 거침없이 달리는 요란함으로 흐를까! 얽매임보다 달관한 삶의 자세로 거닐면 어떨까. 편한 걸음으로 만물을 새롭게 보는 마음이고 싶다.

가끔은 계획과 다른 현실 앞에 아플 수도 있는 나를 살펴보련다. 다시 분석하며 가야 할 길을 찾으련다. 온전히 인정하고 섬세히 조명해 보면서 시간을 아끼련다. 계획된 일을 성취토록 열성 두어 꼭 추진하련다.

오늘을 어떻게 보낼까! 현실을 깨우는 정신과 힘이 중요하다. 그래, 필히 힘찬 날 만들자. 그래야만 정한 길을 가고, 느낌을 얻고 생을 노래할 것이 아닌가!

깊숙이, 온전한 바른 생각을 두고 섬세한 삶을 살고 싶다. 뿌리 깊은 지혜를 두고 뜻하고 원하는 일을 열고 싶다. 삶을 물들이는 빨강, 노랑, 갈색, 주홍의 빛깔을 두고 깨운 생각을 열어 더 아름다운 진실을 열고 싶다.

안엔 언제나 자연의 맑은 향이 흐르면 좋겠다. 부드럽고 편안한 마음이 넘치면 싶다. 청정한 기운이 풍성한 맑고 밝은 정신이 넘치면 좋겠다. 느끼고 깨달아 바른 것을 받아들일 줄 알아야겠다. 그 삶을 위해 힘쓰는 노력과 지혜가 풍성하면 싶다.

거기서 그대의 생각을 접하여 마음을 기울이면, 어떤 뜻으로 열리려나. 천천히 편한 생각을 지니련다. 포근하고 따뜻함이 넘쳐나는 마음에 환히 밀려드는 것들이 달뜨게 기쁨 넘치면 좋겠다. 섬세한 사랑과 따뜻하고 선한 마음이 쏟아지면 싶다. 맑은 영혼의 기쁨을 전하고 싶다.

하나님의 귀한 사랑을 느끼려고 믿음의 길을 간다. 바른 길을 가기 위해 애쓰려고 하늘을 본다. 마음 문을 열고 하나님의 말씀과 뜻을 새겨 행함으로 바른 길 가면 싶다. 하나님을 사랑하고 하나님 사랑 받고 싶다. 추운 겨울이 아닌 봄의 기운으로 밝게 살며, 하나님만 섬겨 의지하여 편안토록 힘쓰련다.

만남의 기쁨을 누리러 선하고 맑고 깨끗한 길 가려 힘쓰고 싶다. 밝고 환하게 생각 열어 편한 삶만 두고 싶다. 감사하고 사랑하며, 기도하려 힘쓰련다. 하나님 다스림을 느껴 추함 없도록 바르고 깨끗토록 힘쓰면 좋겠다. 하나님만 의지하고 따르며 기쁨 누리면 싶다.

예수님께 용서받고 주님 뜻 안에 살고 싶다. 근신하며 깨어 있어 바른 길 가면 좋겠다. 하나님이 함께하심을 깨닫고 바르게 살도록 힘쓰련다. 내가 어떻게 사느냐에 따라, 세상을 떠날 때 끝이 다르 다. 이를 알고 늘 하나님 말씀과 뜻대로 살려 힘쓰련다.

도시여, 사람이여

어린 시절보다 흥하고 부한 세상이다. 문명은 발달했고 생활을 돕는 유용한 것도 헤아릴 수 없다. 교통의 발달과 먹을 것, 즐길 것의 다양함이 흥을 돋운다. 생활의 편리함은 다양하고 복되기도 하며 풍성하다.

복잡한 만큼 이 시대를 사는 인간의 욕심은 끝이 없다. 끝없는 갈등은 도저히 다 채울 수가 없다. 채워도, 채워도 부족한 것이 사람의 욕심이다.

너무 돈에 크게 빠져선 안 된다. 아닌 듯해도 돈에 빠짐은 고통과 어둠의 길일 수 있다. 아닌 듯해도 돈에 빠진 삶은 고통과 어둠의 길로 간다. 그런 세상이 되면 선한 사람들이 오히려 보호받지 못한다. 누구나 선하고 밝고 깨끗한 길 가면 싶다.

교육도 예절도, 도덕도, 질서도 무너져선 안 된다. 좋은 인품과 공중도덕, 바른 질서를 찾는 새로운 운동이나 새 출발을 위한 바른 교육이 풍부하면 싶다. 요즈음은 인성교육 부재로 오는 죄악과 추함이 많다.

교육자가 깊고 크고 선한 생각을 알지 못해 추하게 실수해선 안 된다. 선하고 진실한 교육인들이 되어야 한다. 금방 내릴 것도 아닌데, 왜 전철의 출입문을 굳게 지키는가. 머물던 자리에 제 쓰레기를 버린 채 떠나선 안 된다.

남을 배려함은 아랑곳없이 자기 욕심에만 빠지는 생각을 둔 잘못된 정신을 두어선 안 된다. 돌아보라. 공중도덕이 무엇인지 알고 밝은 길 가야 한다. 세상 사람들도 밝은 길 가면 좋겠다.

연세 많은 이들을 배려하고 돕는 젊은이는 얼마나 고운가. 갈수록 사람들은 남의 불편과 어려움을 생각지 않는다. 훗날 나이 많은 어른이 되어 보라. 그 영향은 지금보다 큰 기쁨이 되리라.

군이 질서를 어기면서까지 자기만 즐거워하면 되는가. 복잡한 인도에, 자기 차선을 만들고 나 몰라라 하는 세상. 차렐 기다리는 줄에 불쑥 새치기하는 사람을 보고서 그리 못하는 사람이 오히려 바보라, 막된 말을 하는 이도 있다. 공공장소, 식당이 제 식당인 양 멋대로 날뛰며 소란을 둔 이들!

남에게 피해가 되건 말건 자기 유익만 챙겨선 안 된다. 예절과 도덕 부재의 현상을 본다. 너무 깊이 봄은 내 잘못일 수도 있다. 추함이요 악함일 수도 있다. 그래도 생각엔 원칙적인 개혁의 답은 뒷전에 두고, 욕심을 버린 삶 되면 싶다.

국민의 정신 관리는 참 중요하다. 깨닫고 느끼고 아는 만큼 바른 것은 지키고 잘못된 것은 말없이 버려야 한다. 특히, 불필요하게 쓰일 일이 없게 확고한 진리를 두고 선하고 깨끗한 삶 살도록 힘써야 한다. 말없이 순수한 삶을 살고 싶다.

갑진자의 영역, 법을 등진 맘이 존재해선 안 된다. 확실한 통제 없이, 결과에 대한 조치가 약해선 안 된다. 양심과 질서, 바른 사회 만들기에 힘쓰는 이들이 많아지면 싶다. 그만큼 훗날은 즐겁고 행복하다.

목표와 비전을 두고 온 국민이 신바람 나는 정신 문화가 정착되고 환경이 개선되면 싶다. 참 필요하고 중요한 일이다. 한때 〈느낌표〉라는 좋은 프로가 있었다. 참 좋은 프로였고 느낌에 새로움을 연 길이었다.

가족이 보이는 시간대의 연속극과 음식 관련 프로, 스포츠, 동물들을 보라. 서로 친하고 가까우려 애쓴다. 어떤 이들의 잡담은, 너무 시간이 아까워져 매스컴을 꺼야 할 판이다. 더러는 배울 게 없다. 잘못된 것은 고칠 노력이 필요하다. 편견과 아집, 한쪽으로 기운 방송과 세상사, 행복과 예술과 철학과 자연과 역사와 선행, 인성 등 풍요로움도 많건만, 왜 깊은 생각 없이 먹고 마시고 노는 것만 부추기는가!

내 것이 아니라는 무책임한 헛된 의식이 팽배해선 안 된다. 만백성을 위한 것들을 열고 정직함과 바른 양심을 지녀야 한다. 지혜와 평강을 두어야 한다. 원칙을 떠나 변칙이 난무해선 안 된다. 나쁜 일이 범람한 곳은 더욱 어둠에 빠진다.

바른 세상, 대국을 두기 위한 적극적이고 끊임없는 계획과 애씀이 많으면 좋겠다. 바른 변화를 위해 지속적으로 노력하면 싶다. 선한 길 가도록 힘쓰고 싶다. 목표가 없는 곳에 무슨 희망이 있으랴.

고학력의 젊은이들은 더욱 크게 열심을 두고 성실히 지혜 둔 열성의 길 가면 좋겠다. 고생과 힘겨움도 이기고 훗날에 품을 기쁨으로 현실을 이겨야 한다.

이제 새롭고 따뜻한 느낌이 드는, 힘찬 기운이 돌아 끝없는 아름다운 나라 되면 좋겠다. 맑고 밝으며 진실함이 넘치는 편한 길 되면 싶다.

행복한 나라

독서를 하다 '핀란드'에 대해 매력을 느꼈다. 흔히 말하는 인정과 질서와 규범이 살아 있는 나라였다. 특별한 것은 핀란드 아이들은 자신과의 경쟁이 남달랐다는 점이다. 개성과 자조적인 삶을 위한 노력은 어릴 때부터 이뤄진다.

내일을 향해 새로움을 꿈꾼다. 발전의 길을 간다. 어릴 때부터 그들의 길엔 좋은 환경이 열린다. 우리나라의 아이들도 그런 길이 열리면 싶다. 부모들은 무수히 많은 생각을 갖고 아이들을 교육해야 한다. 깨워야 한다.

핀란드엔 가난한 이에 대한 도움이 짙다. 국가 임대 주택과 개인의 주택이 겉으로 보기엔 차이가 없다. 빈부의 차이가 있을지라도, 위화감과 빈부 차를 느끼지 못하게 국가와 국민 상호 간의 배려가 충만하다.

어떤 처지에서나 한 사람도 소외됨이 없고 방임됨을 원치 않는다. 보니 그들은 온전한 사회철학을 지녔다. 평균화된 대책 강구에 힘쓴다. 선생은 한 명의 학생을 위해서도 펜을 든다. 특별한 아이에겐 더 관심을 보여 주고 세심한 관심으로 이끈다.

정신이 바른 나라는 참으로 귀하고 아름다운 나라다. 느끼고 깨달아야 할 일들이 지극히 많다. 우리나라에도 늘 그런 삶이 많으면 좋겠다. 행복한 삶을 위해 진정 바른 사람들이 모여 신실한 기쁨을 누릴 수 있도록 힘써야 한다.

내 나라에도 바로 된 원칙적 변화의 길이 진하면 좋겠다. 기본이 새롭게 바뀌고 기초가 바르게 형성되면 싶다. 선행과 질서도 강해지면 싶다. 자연적으로, 편적으로 싸우고 다투기보다 전 국민을 위해선 서로 간 고운 발전을 위해 노력하면 싶다.

자기 이익만 챙기려 편 가림이 없으면 좋겠다. 가정과 사회가 선하게 바로 된 지혜로 깨끗해지면 싶다. 서로 아끼고 감싸며 사랑의 길 넓히면 싶다.

일반 서민이 잘 살아야 돈 쓸 사람이 많아 경제가 좋아진다. 이를 알고 행하는 이들이 많은 이 나라가 아름답다. 법 없어도 살 만한 세상! 처음부터 다시 새롭게 시작하는 그 일이 언제 올 것인가. 그때가 속히 오는 삶이면 좋겠다.

어렵고 힘든 이들이 보호받고 잘 사는 나라 되면 좋겠다. 깨끗한 나라 되면 좋겠다. 편견 없이 가볍게 즐거움 누리도록 누구나 이웃으로 여기면 싶다. 땀 흘리며 최선을 다하는 성실한 삶들 되면 좋겠다. 그런 사회가 되면 좋겠다. 그런 젊은이들이 되면 좋겠다. 소외되거나 방관된 이가 없도록 애쓰는 나라 되고 일찍이 느껴 노력하고 힘쓰는 젊은이들이 많아지면 싶다.

핀란드, 독일, 이스라엘 등과 같이 바른 교육과 정신으로 내 이웃을 생각하고 공중도덕을 중시하는 좋은 생각이 열리면 좋겠다. 서로에게 피해 주지 않고 배려하고 돕고 사랑하는 밝고 좋은 일들이 많아지면 좋겠다. 밝고 환하고 기쁘고 즐거운 사람들 되면 좋겠다.

삶의 편린*

삶에 밝은 불을 밝히려 애쓰며 기쁨을 누리고 싶다. 걱정·근심 없이 편안한 마음 두고 행복하게 살고 싶다. 기다리고 참는 길이 끝날 때도 되었건만 구하고 찾는 일이 아직 목표에 이르진 못했다. 더 강한 노력이 필요하다. 성실한 노력이 필요하다. 약하고 둔하며 깨어지는 의지면 피곤하고 힘들다. 강하게 일어나 원하고 뜻하는 길 가도록 열심을 두고 싶다.

매일 꾸준히 규칙적인 운동을 두고 싶다. 건강할 때 건강을 위해 힘쓰는 그 힘을 돋우고 싶다. 옳다, 그래야만 한다. 발버둥 치며 애써 노력하는 사람의 성실함을 생각해 보자. 바르고 값진 길을 느끼고 깨닫는 만큼 사는 일이 그날그날 최선에 이르는 것이요, 소풍 온 것처럼 삶이 편안한 일임을 명심하련다. 오늘 지금 이 시간을 중시하며 살고, 행동은 좀 더 성실해지면 싶다.

요즘은 한번 빠져들면 집중력이 불나게 강화됨을 느낀다. 삼 년 전부터 현실 속에서 힘들었던 난 때론 고통에 빠져들다 일 년 전쯤부터 세상을 초월하여, 오직 하나님만 의지하며 편히 살려 힘써 왔다. 구겨진 생각들을 펴고 밝은 길을 간다.

넉넉하고 풍성한 평안을 누리고 싶다. 내 삶은 노력하는 만큼 내가 만든다. 하나님을 의지하고 섬기면 하나님이 도우신다.

생각과 지혜가 바르고 충만해야 한다. 공부하고 배우며 새 길을 열

* 한 조각의 비늘이란 뜻으로, 사물의 아주 작은 일부분.

어 가야 한다. 힘들고 어렵고 고달파도 더 밝고 환한 지혜를 지녀
야 한다. 생각과 마음이 활짝 열려 긍정의 길 감이 얼마나 좋을까!
두뇌와 육체의 고장 난 부분을 다시 되살리고 싶다. 하나님이 도우
시사 살펴 살리시면 싶다. 밝고 고운 생각, 날 이길 강한 삶을 지니
련다.

나는 나이니까, 늘 깨어 강하고 환한 길을 가고 싶다. 누가 뭐라 해
도 흥한 삶을 살고 싶다. 편한 마음을 지니고 싶다. 삶의 길은 건강
하고 편안하도록 늘 운동하고 일하며 뜻하고 원하는 길 가고 싶다.
하나님이 주신 재능과 은사도 아름답도록 힘써야겠다. 편안하고
즐겁도록 힘쓰며, 자연적인 삶에 날 두련다. 힘써 노력하되 순수하
고 맑고 밝은 정신을 두고 살련다. 삶에 바르고 깨끗하고 맑고 선
한 행함을 열고 싶다.

그 길을 가련다. 늘 깨어 있어 밝은 길 가련다.

—

언제나 순수하고 맑은 길 가길 원한다.

그 길은 자연의 길이다.

숲속에 혼자 서 보라.

자연을 느낌으로 소풍 길을 깊이 알 수 있다.

소풍 길은 순수하고 밝고 자연스런 길이다.

추함 없이 즐기려는 즐거운 길이다.

인생길도 그 길이면 싶다.

4부

자연의
길 가며

철쭉을 관찰하다가

관악산엘 올랐다. 살던 곳과 가까운 곳이었다. 체력을 다질 목적이 었는데 생각이 바뀌었다. 그냥 지나치기 마련인 철쭉을 관찰키로 했다.

철쭉은 사, 오월쯤에 꽃이 피는 관목이다. 가지 끝에 피는 꽃은 진달래보다 짙다. 꽃잎은 깔때기 모양이다. 한 가지에 사오 개의 꽃이 핀다. 흰색도 있으나 보통은 연분홍이나 진붉은색 꽃들이 많다. 꽃 내부에는 꽃술이 아래에 여섯, 조금 긴 꽃술이 다섯 개가 있고, 그중 상부 세 잎에는 적갈색의 점들이 박혀 있다. 꽃잎 하나하나가 사람의 혓바닥을 닮았다. 꽃받침 부분에는 끈적임이 있었고, 잎이 지고 꽃이 피는 것이 진달래와 확연히 다르다. 꽃은 독성이 있다. 꽃은 진달래보다 늦게 핀다. 제 빛을 확고히 발한다. 잎의 끝은 둔하고 밑은 뾰족하고 가장자리는 밋밋하다. 늘 관심을 두고 관찰하면 새로운 것을 발견할 수가 있다.

세상을 사는 것도 마찬가지다. 기존의 의식을 깨고 섬세히 보면 몰랐던 것을 알 수 있다. 생각과 행함도 같다. 값지고 복되며 성실한 길 가야 한다.

삶도 세세히, 면밀히 다시 살펴야겠다. 내가 놓친 것. 둔함, 습관에 젖은 것도 새롭게 만나야겠다. 둔함에 파묻혀 느끼지 못했던 것을 다시 보련다. 그래야 새 힘이 돋고 더욱 멋진 삶이 되리라. 애정이 있는 인생길이 되리라.

봄이 오는 길목에서

불이야! 가슴에, 부푼 가슴에 든, 불이야! 활활 타는 불이야. 강하고 독한 불이야. 진한 불덩이로 안에 네가 필 줄은 몰랐어. 한편엔 아픔, 한편엔 부끄러움이 일면 안 된다. 견딜 수 없는 고통. 독한 불, 그 불이 타 오르면 안 된다.

내 안에 새 봄이 불타고 있다. 새로운 출발이 동트고 있다. 봄이 오면 맑은 자연을 호흡하리라. 세상의 일들을 다 접어두고 자연에 취하여, 모든 일을 다 잊고 편안한 마음으로 살아가리라. 세상 모든 일을 다 내려놓고 자연의 길을 가리라. 편안한 마음으로 조용히 길을 열리라. 서정의 돛인 자연에 빠져 밝고 맑은 길을 가리라.

터질 것만 같은 가슴— 풍선 모양 터질 것 같은 가슴으로 팽창된 그 가슴으로 봄을 옷 입는다. 그리하여, 주체할 수 없는 새로운 삶을 꿈꾼다. 재능과 은사를 꽃피울 큰길 가길 힘쓴다. 자유와 평안도 그린다.

봄, 피는 봄을 앓는다. 가진 것 없이. 아무것도 가진 것 없이 봄을 앓는다. 새 생명이 충만한 봄을 앓는다. 새롭게 시작하는 정신적 기운을 높이며 변화를 꿈꾸어 본다. 환경 변화의 터에 길을 열며 새 다짐을 지녀 본다.

사람의 길은 지식이 많아 켜진 지혜와 바르게 훈련된 정신과 맑고 깨끗하며 선한 마음이 중요하다. 세상을 초월한 정신이 중요하다. 미움·다툼·시기·질투를 버리고 하나님만 섬기며, 크게 깨어나야겠다. 죄가 된 아픔에서 깨어나야겠다.

그것이 길이다. 내가 가야 할 길이다. 환히 웃으며 가야 할 길이다. 편히 가야 할 길이다. 숱한 갈망과 탐욕과 이기심을 벗은 후에야 평안과 진실이 내게 짙게 오리라. 그래야 고요함이 비로소 나를 자유롭게 한다. 희망을 노래하게 한다. 기쁨이 넘치게 한다.

섬세하게, 더러는 민첩하게 나를 살피고 바라봐야겠다. 오늘도 나를 찾게 한다. 나를 깨닫게 한다. 엉키고 답답하고 복잡했던 그늘을 벗어나 새 길을 걸으며, 느끼는 자연에의 감각을 높일 수 있게 된 것이다.

한 여운으로 남을 길을 트면서, 선한 문턱을 열고 들어가 추억이라는 그림자를 세월 저편에 묻어 두련다. 가슴이 따뜻한 이야기로 정이 훈훈하게 열리리라. 맺어진 인연의 끈으로 불가불한 테두리를 만들어 가야 하는 세상의 한 법칙을 인정하려는 것이다.

가진 자는 가진 자끼리, 잘난 사람은 잘난 사람끼리 도우니 학연끼리, 지연끼리 심어지는 갖가지로 공통분모를 찾아서 끼리끼리가 되는 세상의 풍경이여! 새롭게 시작하는 봄이 되어 기쁨이 넉넉하면 좋겠다.

봄이 오는 길목에서 새로운 느낌을 얻듯이, 새롭고 밝고 깨끗한 생각과 정신을 지녀 새롭게 시작하는 평안과 진실과 기쁨이 넘치면 좋겠다. 새롭게 시작되어 즐겁고 평화롭고 행복한 길 가면 싶다.

누구든 배려하고 감싸며 돕는 길! 천국 닮은 깨끗하고 아름다운 나라 되면 좋겠다.

산책길에서

오월이 돋던 날에 그 아씨는 꽃으로 왔다. 함께 걸었다. 기쁨에 젖은 마음으로 산길을 걸었다. 새로운 소풍을 간 것이다. 함께하는 길엔 즐거움이 가득했다. 들뜬 기쁨을 누렸다.

안개가 휘감아 품어 안은 산 능선 아래로, 언뜻언뜻 드러나는 풍경은 초록의 잔치가 한창이었다. 세심히 보면 초록의 빛들이 얼마나 다양한지! 그들의 빛이 얼마나 놀라운지! 자연의 빛들 곁에 있음만으로도 충분히 아름다운 날이었다.

걷는 길엔 비가 내렸다. 작은 물방울들─ 내리는 가랑비에 마음까지 촉촉해졌다. 비에 젖어도 괜찮았다. 내 잘못도 씻기어 가리라 여겼다. 촉촉한 감성에도 젖고 싶었다.

산에 올랐다. 비를 맞으며 걷다가 길옆의 쑥들을 뜯어 향을 맡아 본다. 다양한 쑥의 향이 느껴진다. 쑥이란 같은 이름임에도 향도 조금 다르고 맛도 각기 다르다. 그중 진하고 좋은 향의 쑥을 골라 아씨에게 내민다. 향이 진하고 좋단다. 좋다 여기니 고맙다.

미묘하게 조금씩 각기 다른 색깔을 지닌 쑥 향들이다. 진하고 약함의 차이가 다양함을 느낀다. 사람의 향기도 이와 같으려니…. 문득, 나는 어떤 향기를 지닌 사람일까 생각을 해 본다. 좋은 향기를 발하는 사람이고 싶다.

경사가 심해지는 길을 오른다. 숨이 가빠지는 길이다. 길을 오르다가 한 곳에 멈춰 섰다. 서서 숲을 살핀다. 둥굴레 꽃이 하얀 꽃봉오릴 달고 있다. 산에는 다양한 꽃들이 핀다. 산을 오르면서 본 화초들- 풀, 양지꽃, 제비꽃, 노루오줌, 원추리, 산 벚꽃, 산 복숭아꽃을 보았다. 꽃들이 많다. 초목이 많다. 많은 꽃과 풀의 이름을 알려주기도 하고, 사람의 흔한 말로 아씨를 웃겨 보기도 했다. 어릴 제 즐겨 부르던 가곡도 불러 보았다. 아씨가 웃었다. 풋풋하게 웃었다. 서로의 영혼을 아름다운 곳으로 인도하려 한다면 순수함을 지니고 따뜻하게 마음을 열어야 한다. 구속하지 않고, 얽매이지 않고, 생각이 진솔해야 한다. 영혼의 빛을 전하려면 얽매임이나 구속을 두어서는 안 된다. 자유의 날개로 훨훨 날아야 한다. 그 어느 한 곳 아픔을 주지 않고, 아무에게도 상처나 고통을 주지 않으며 환한 기쁨으로만 날개를 펴야 한다.

처음 목적했던 곳. 산사를 둘러본 후 천천히 하산을 했다. 하산을 하다가 길옆에 수북이 쌓인 황갈색의 낙엽을 본다. 떡갈나무 잎들이다. 잎들이 너무도 수북하다. 그 낙엽 위에 앉아 하늘을 보고픈 충동이 인다. 숲의 심장소리가 들릴 것 같다.

생각을 깨우듯 포르릉- 숲을 나는 새 한 마리, 숲속 작은 길을 찾아 난다. 귀엽고 자연스런 것들이다. 하늘, 자유, 이상, 희망, 영혼의 교류… 그런 것들로 날 채운다.

굽은 비탈을 걸어 내려 드디어 산골짜기 냇물에 이른다. 흐르는 물이 너무 맑아 물에 손 씻고 세수를 해 본다. 맑은 물에 대한 감사가 느껴진다. 그 냇물을 뒤로하며 다시 길을 걷는다.

숲이 시작되는 곳, 차를 주차해 놓은 곳에 이르렀다. 비가 내린다. 비를 피해 우린 차 안으로 든다. 얼마 전 지나쳐 온 골짜기의 물소리가 높아지는 것 같다. 작은 꽃의 향기가 살아난다. 쑥 향이 짙어진다. 그 향으로 인해 마음에 밴 숲을 느끼고 있다. 자연에 빠진 날이다. 포근한 즐거움을 지닌 날이다.

깨달음을 벗하며

말로 감동을 주며, 쉽게 웃음도 더함은 어찌 오는가. 빈말 같으나 쉬 지나칠 수 없는 이끌림은 어떻게 오는가. 느낌과 깨달음이 있는 말은 누구의 몫인가. 생각과 말에 따라 사람은 큰 차이로 드러난다. 언제 어디서나 편안하고 친근함이 느껴진 이를 그려 본다. 그들은 어떻게 나를 사로잡는가. 마음에 감동과 깨달음이 오는 일은, 세세한 마음을 지닌 튄 생각과 위트와 유머에서 온다. 배려와 순수함에서 온다. 지혜와 명철, 깬 생각을 지닌 풍성함에서 온다.

내면이 열린 자연인은 싱그럽고 힘차다. 순리를 역행치 않는다. 서서히 변화하고 꾸준히 인내한다. 누구에게서나 배우고 느끼며 넉넉한 마음을 둔다. 그는 자연을 좋아하며 자연을 벗 삼는다. 자연이 맑고 깨끗한 곳일수록 정신도 맑다. 청결한 만큼 마음이 넉넉하고 편안하기도 하다.

그런데 더러는 자연이 황폐해진다. 산 정상까지 찻길을 연다. 어찌 된 일인가. 산은 산다워야 하고 자연은 자연다워야 함을 모른단 말인가. 유원지라는 곳, 그 귀한 골짜기엔 음식점이 들어차 썩거나 냄새 나는 골짜기로 바뀌고 있다.

보호할 가치가 있는 곳엔 어떤 인공물도 허락해선 안 된다. 경치 좋은 곳, 명산이라는 곳마다 인파가 붐비면 그 뒤에 남는 것은 쓰레기뿐이다. 플라스틱 병, 비닐 봉투, 음식물 찌꺼기, 캔, 휴지들이 널려 있고 결국 환경이 파괴되고 쓰레기가 넘친다.

살고 있는 집에서도 산이 가깝다. 산이 가까워 산을 오르내림이 너무나 좋았다. 집과 산이 가까워 마음도 편했다.

하루는 안사람과 산을 오르는데 눈에 띄는 것이 많았다. 광고지였다. 너무 많아 비위가 상했다. 걸음걸음마다 광고지가 나부낌을 보았다. 나무, 안내간판, 운동 시설, 나무, 안전로프 위에 광고지가 붙어 있었다.

참 별나다. 산에 오르는 이가 많다고 어찌 산에다 이런 허상을 두는가? 답답한 마음 두고, 산 내릴 때 치우리라 생각했다. 양심 없는 일이요, 욕심뿐이다. 사람들이 다 이렇다면 어떤 세상이 될까. 산길엔 버려진 깡통, 병, 과자봉지, 비닐봉투 등도 많았다.

그런데 중턱쯤에서였다. 젊지 않은 한 여자분이 광고지를 수거하며, 길을 하산해 오는 게 아닌가! 물어보니 자기가 설치한 것이 아니란다. 바람 불면 흩어질 것이요, 두어선 안 될 곳에 둬서 수거한다 했다. 참 고맙고 감사했다. 옳고 바른 일이라 여겼다.

왠지 맑고 깨끗한 자연이 생각났다. 어릴 때 산, 들, 바다를 편히 오가며 느끼고 즐기던 일이 많았다. 맑고 시원하고 편안했다. 마음도 깨끗했다. 가는 곳마다 마음이 환히 열렸다. 자연을 닮은 편안이 넘쳤다. 위험한 일이나 근심 걱정이 없었다. 무슨 일을 하든지 즐거웠다. 운동되고 건강이 돋아 좋았다.

오래전의 일이다. 자연 가까이 살던 시절이다. 그런데 한때는 이웃들과 강한 운동 시 무릎이 망가졌다. 치료를 받고도 한 달 동안 큰 운동을 많이 하지 못했다. 나의 체력이 달라지고 말았다. 자연스럽고 크고 강했던 걸음이 꺼져 젊은 날 같지 않음을 알았다.

지금은 도시 안에서의 생활이 많다. 그래서 자연인이던 시절이 그립다. 순수하고 맑고 깨끗했던 삶이었다. 이제 열린 하늘을 보고 싶다. 하늘을 닮으려 힘쓰련다.

이제는 세상의 일들을 떠나 즐겁게 편히 하나님을 보고 싶다. 하나님만 의지하고 살며, 편안과 행복을 누리고 싶다. 하나님이 함께하심으로 가능한 일이요, 하나님 말씀과 뜻대로 살려 힘씀으로 가능한 일이다. 세상에 빠져 헤맴 없이, 하나님만 섬기며 살고 싶다. 근심 걱정 없이 편히 살고 싶다. 자연에 담겨 자연인 되고 싶다. 아무런 욕심도 없이, 평안을 누리고 싶다. 모든 일들을 벗어난 자유인으로 살며, 하나님만 바라련다. 그 삶이 열리면 좋겠다.

밝고 깨끗한 길 되도록

난 오늘만 살지 아니면 수십 년을 살지를 알지 못한다. 그 러므로 오늘 하루는 나의 일생이다. 오직 하늘에 소망을 두고 맑고 깨끗하고 선한 삶 살도록 힘쓰면 싶다.

하늘에 소망을 둔 자에겐 기적을 베푸시리라. 영혼이 맑고 깨끗하며 순수하도록 도와주시면 싶다. 늘 기도해야 하리라. 거짓은 버리고 선하게 행하며 회개하고 바르게 살수록 예수님과 가까워지리라.

주님이 여는 행실이 정직한 자를 보호하신다─ 했다. 정직하고 성실하며 진리를 행하는 삶 되면 싶다. 주 안에서 바르게 살아감으로 구원을 얻으리라. 하나님은 우리의 말과 행함과 정신을 다 알고 계신다. 선하고 진실하고 맑고 깨끗하게 살며 성경 말씀과 하나님 뜻대로 살려 힘쓰련다.

선하고 정직토록 힘쓸 뿐 허망하고 추함에 만사한 인간 되지 않게 은혜 주시길 빈다. 지혜와 명철함 두고 깨끗하고 선한 길 가기를 원한다. 바르고 귀하게 삶이 무엇인가 느끼고 깨달아 변하면 싶다. 나 자신을 살펴 추악함 없도록 힘쓰며 겸손하고 온유하며 아픔과 고통도 벗고 이기는 길 가면 싶다. 살아가는 동안에 열심히 최선을 다하되 나 자신만 옳다는 생각에서 벗고 싶다.

언제나 독서하고 공부하며 알고 깨달아 선한 길 가면 싶다. 남다르게 애써 노력하는 사람됨으로 바르고 값진 길 열리면 싶다. 오늘 현재, 지금 이 시간이 중요함을 깊이 의식하고 살며, 조용히 말없이 평안을 누리고 싶다. 오늘 현재의 삶이 깨끗하고 선하고 복된 삶 되면 싶다.

책을 읽고 지식 넓혀 지혜로운 사람이면 싶다. 깨닫고 느껴 남다르게 발전적인 길 가며 참된 인간 되면 좋겠다. 조용하고 겸손하게 살며 깨끗하고 선한 길 가고 싶다. 하나님 말씀대로 행하려 노력하고, 맑고 깨끗하며 선한 길 가도록 힘씀으로 하나님이 풍성한 사랑 주시길 빈다. 깨끗한 양심 두고 믿음의 화평과 기쁨을 누리련다.

부부간에도 더욱 밝고 새로운 길 가면 싶다. 부부는 결혼 후엔 둘이 아니요 하나다. 아내의 마음에 상처 주는 말이나 행동 없이 선하고 바르게 살려 힘쓰며, 잘못을 하지 않으려 조심하고 더욱 양보하고 배려하며 감싸면 좋겠다.

서로 간 개성과 취미를 존중하고 키워 가면 싶다. 좋은 점과 특이한 재능과 은사를 품도록 힘쓰고 싶다. 부부는 한 몸이요 한 생명임을 알고 서로 아끼고 돕고 힘써 사랑하며 행복을 누리고 싶다. 행복한 가정은 약속된 사랑이 변치 않는 가정이다.

믿음과 신뢰, 진정한 사랑으로 주 안에 살고 싶다. 영적, 지적, 교양적 모든 면에서 새로워지고 맑아지면 싶다. 아름답게 열 재치와 근면성을 누리련다. 하늘로 승전토록 진실하고 선하고 편하게 기도하며 살련다. 겸손히 살되 밝고 기쁘고 즐거운 길만 높이련다. 하나님 말씀과 뜻대로 살도록 힘쓰련다. 하나님 사랑 안에서 가족들도 사랑하는 길만 가련다. 이웃들과도 싸움 다툼 없이 편히 살련다.

난 세상적 욕심은 없다. 언젠가는 끝날 그날에 이르기까지 하나님이 함께하시도록 기도하고 잘못은 회개하고 바르게 살려 힘쓰련다. 하나님이 기뻐하시도록 힘쓰련다. 하나님 아버지께 인정받도록 힘쓰련다.

자연을 좋아하는 자연인

밤새 쏟아져 내린 눈이 사방에 설경을 펼쳐 놓았다. 흰색이 짙은 그림이었다. 하나님의 솜씨를 누가 따르랴. 사람이 그릴 수 없는 아름다운 풍경이었다.

펼쳐진 풍경이 아름답고 좋아 카메라를 들었다. 눈이 어깨·팔·다리·허리에도 흰색을 뿌렸다. 정겨운 이의 기운처럼 편히 내게로 왔다. 하얀 빛들이었다. 대지는 온통 눈밭이 되었다.

이렇게 눈이 내리는 날은 그대와 함께 눈길을 걷고 싶다. 오손도손 얘기꽃을 피워 기쁘고 즐겁고 행복한 마음을 두고 깨닫고 느낌을 전하고 싶다. 흔치 않은 낭만의 멋을 나누고 싶다. 오늘은 쉽게 뜬 그리움이 날 흔들고 있다. 눈 내리는 날은 이렇듯 감성을 이끄는 변화가 온다.

설경에 접하여 사진 수십 컷을 찍었다. 흰 눈에 빠져 사진 찍기를 즐겼다. 그림 그리기를 원했다. 만월의 밤만큼 가슴이 열린 날이었다. 가을의 청명한 시간도 좋고, 해질녘의 서편 하늘과 여름밤의 바닷가, 캠프파이어 앞에 쉼 같았다.

오묘하게 굴곡지고 한껏 멋들어진 소나무를 보며 그림으로 승화될 한순간을 떠올려 보기도 했다. 소나무는 자체의 기상이 싱그러웠다. 큰 힘이 돋았다. 옛날부터 멋을 칭함에 있어 빠지지 않던 것이 이 소나무가 아니었던가? 늘 청청하며 굽어지고 휘늘어진 소나무, 적송을 살펴본다. 가히 사랑으로 품지 않을 수가 있으랴.

사군자나 바위나 십장생이나 이름 없는 들풀에 이르기까지— 자연에 속한 것들은 얼마나 곱고 아름다운지! 이 자연을 사랑하고, 얽매임 없는 삶을 원하는 난 언젠가는 자연에 둥지를 둘 것이다. 깨끗한 자연을 좋아할 것이다.

누가 뭐래도 난 자연인이길 원한다. 삶이 복잡한 도시보다, 가공되지 않고 있는 그대로인 자연을 좋아하는 자연인이고 싶다. 자연을 닮는 자연인이고 싶다. 때로는 그리움이 만개하여 아플지라도 도시 밖 자연 속에 있기를 갈망한다. 산·들·바다 가까이 살 수 있다면 좋겠다. 흙냄새, 맑은 공기가 좋고, 맑은 바다가 좋다.

오늘도 눈 내리는 자연 속에 머물다 왔다. 눈 내리는 길도 좋아하는 나는 아직 젊은 청춘과 같다. 팔팔한 젊은이 같다. 순수함을 닮아 가고 있어 좋다. 누가 뭐라 해도 자연을 좋아하는 자연인이다. 누가 인정하든 말든 난 소박한 자연인이다.

창을 열며

난 오늘만 살지, 수십 년을 살게 될지 알지 못한다. 그런 뜻에서, 오늘 하루는 곧 나의 일생이다. 최선의 삶 되도록, 현재 지금 이 시간을 성실히 살고 싶다. 가장 값지고 소중한 시간, 밝고 맑은 시간 두려 힘쓰련다. 그리하여 하루하루를 최후의 날인 양 값지고 복되게 살련다.

정신을 높이고 시간을 아껴 뜻 있고 후회 없게 주의 뜻에 합한 삶을 살고 싶다. 하나님 보시기에 아름답게 살고 싶다.

"사람은 누구에게나 끝 날이 있고, 그 후엔 심판이 있다."

거기 나를 비추어 보면, 진정 신실한 믿음으로 살아야겠다. 겉 사람보다 속사람이 깨이도록 날마다 새롭고 싶다. 지금 현재의 삶보다 더 높은 별을 꿈꾸는 행복을 누리련다. 하나님은 모든 생사화복을 주관하시며, 일거수일투족을 살펴 언행과 생각도 아신다. 우리 삶을 생명책에 기록하신다.

세상을 살며 가족과 이웃들에게도 정성을 다하고 싶다. 작은 일도 서로 배려하고 깊이 생각하여 창조적이고 긍정적 마음이 되게 힘쓰고 싶다. 세상 욕심 없도록 힘쓰고 싶다. 크고 넓은 곳으로 나아갈 때라야 그만큼 사랑이 깊어진다. 희생과 봉사, 인내심 없이 어찌 행복과 사랑을 이루랴.

어떤 문제든 그 해결점을 찾아 현명함을 열면 싶다. 문제 해결이 쉽지 않을 때는 이해관계가 얽히지 않은 현자의 도움이 필요하다. 경솔하고 단편적이며 인내가 부족한 삶은 파멸에 이른다. 반면, 배려와 인내를 베푸는 삶은 따뜻하며 맑아 풍성한 기쁨과 사랑과 행복을 누리게 한다.

어찌 자기 노력과 생각 없이 행복을 만나랴. 부단히 날 돌아보고 깨달으며 단점을 고쳐 나가고 발전해 갈 때 고운 행복이 돋는다. 바르고 멋진 인물이 된다.

늘 고운 맘 두고 기뻐하면 좋겠다. 행복한 삶에 듣고 배우고 느끼며 사랑에 빠지련다. 바르고 선하고 기쁜 맘을 두련다. 누구나 그 길 가면 싶다. 밝은 길 가면 좋겠다. 언제나 깨어 있어 그 길 가길 빈다.

하나님 말씀에 비춰 볼 때, 난 참으로 부족하고 연약하며 허물이 많아서 악함도 있는 사람이다. 그래도 주님은 나를 사랑하신다. 한 신앙 시를 쓰게 된 것은 말씀에 비추어 새롭고자 애쓰는 길에 하나님의 임재를 말하고 싶어서였다. 인연 되어 이 수필을 읽는 사람도 하나님을 의지하는 삶으로 복을 누리고, 전심전력으로 믿음에 이르길 기원한다.

늘 새로움으로 변화의 길을 가면 싶다. 세상을 보기보다 오직 하나님의 임재를 바라며 살고 싶다. 말씀대로 행함이 있는 선인 되면 좋겠다.

* * *

지혜와 감성과 깨달음을 주신 하나님께 감사를 드립니다.

늘 믿음의 길을 열어 가도록 가르침을 주신 분들께도 감사를 드립니다. 신실한 믿음을 원하는 분들께 주님이 함께하시고, 기쁨과 즐거움, 느낌과 깨달음이 넘치길 기도합니다.

이 글을 쓰는 데 관심을 준 가족과 일부 성도들, 벗들에게도
감사를 드립니다. 평소에도 기쁨 드리지 못한 건 죄송하며, 주신
관심과 배려는 늘 감사합니다.
누구나 편안하고 행복한 나날 되길 빕니다.

눈물 돋는 노래로

지글지글 끓는 정도는 아닐지라도, 이불 속에 발을 집어넣거나 배를 깔고 누워 느껴 보는 그 온돌방이란 따뜻함과 포근함 그 자체였다. 우리네 깊은 생각 속에 행복과 평안을 누리고, 늘 서로를 돕고 감싸고 위로하며 하나님이 기뻐하실 길 가면 싶다.

날씨가 추워지면 외짝들은 옆구리가 시리다 한다. 그러니 옆구리 시리지 않을 방법은 무엇일까? 그리움과 소망으로 채우는 밝고 맑은 삶이면 싶다.

옴팡지게 보고픔을 끌어안고 기쁨과 평안함만 누리고 그댈 곱게 끌어안아야 할 숙제다. 젊은 날에 선택한 내 결정의 결과이기도 하고 먼 곳을 보는 안목의 결핍, 최선을 다해 목표를 향해 가야 할 의지의 길이다. 내가 절실히 하고픈 일을 일찍이 간파하지 못한 우둔함이 있었을지라도 울진 않아 충분히 내 자신을 알고 변하려 발버둥 치는 노력을 두고 싶다. 오늘 이 시간도 최대한 행복을 누리려고 노력해야겠다.

밝고 선한 길! 그 누구라도 미움, 다툼, 시기, 질투 없이 이해하고 감싸며 편히 살고 싶다. 그것이 내 영혼의 갈망이 되어 글로 열려 기쁨 두면 싶다. 오늘도 내 생각이 추하지 않으려 힘쓰고 노력하면 싶다.

눈물 터질 듯 뜨겁게 그리고 애절하게 선한 서로를 그리는 맑고 아름다운 사랑을 발하고 싶다. 소소한 말 한마디도 최선을 다한 절실함으로 표현되면 좋겠다. 느낌과 깨달음 되면 싶다. 언제나 바른 정성은 가까이에 있다. 멀리서 찾으려 하지 않고 늘 지금 현실에만 값지게 품고 싶다.

무관심은 비극적이고 슬프고 아픈 일이다. 관심을 보이되 더욱 가족과 이웃들에게 최선을 다했음 싶다. 내일은 알 수 없다. 오직 오늘- 지금 이 순간순간이 확실한 내 것임을 알련다. 그러니까 가족들에게 최선을 다해 관심을 보이고 지금 해 줄 수 있는 모든 것을 다 해 주어야겠다. 그것이 바른 사랑이요 관심이리라.

사랑에 그 무슨 조건이 필요한가? 덮어 주고 이해하고 용서하고 감싸는 것이 내 바람이다. 곁에 둔 이의 인격을 존중하고 그의 삶을 인정하는 것! 그것이 필요한 일이다. 최대한의 예의, 서로를 존경하고 가꾸도록 힘써 발전토록 고결한 삶이면 싶다.

값진 향기가 느껴지도록 더 높은 곳으로 날 이끌고 싶다. 천천히, 조금씩 가슴이 따뜻하고 행복한 날 되도록 힘쓰고 싶다. 느끼는 만큼 내 것이니까 세심한 두뇌 두고 싶다. 언제나 바르고 선한 마음 두도록 힘써, 신실한 믿음과 바른 맘 두고 곱게 살고 싶다.

하나님 말씀과 뜻대로 행함이 중요하다. 가족과 친척과 친한 벗과 선한 교인과 더욱 바르고 맑게 살며, 깨끗한 맘으로 사랑의 길 가면 좋겠다. 하나님이 원하시는 사랑의 길 가려 힘쓰고 싶다.

밝은 생각을 두고

그대는 오늘도 내 안에 어려움 없이 밝게 뜨고 있다. 해가 기우는 오후 나절, 강가에 앉으면 석양에 반짝이는 큰 놀빛 같이, 눈빛 고운 순수한 눈동자 같이, 환한 밤하늘에 반짝이는 별로 돋는다. 보고픔으로 돋는다. 맘에 소곤대는 연인의 관심 같이, 청정한 산골짝의 초록빛 같이, 꿈꾸는 진실과 평안인 양 그렇게 사랑도 돋고 있다. 맑고 고운 눈으로 보려는 노력이면 다 그리 아름답겠지!

기분 전환이나 분위기 변화가 요구될 때는, 온몸을 다하여 새로움을 드러내야 하듯이 하나씩 변화되는 과정은 언제나 신선하고 맑으면 좋겠다. 깨끗하고 복되면 좋겠다. 다양하되 새로운 것! 그것이 새로운 느낌을 전할 강렬히 쏜 전율이 될 수 있다면 얼마나 좋을까? 늘 내 삶이 밝고 맑고 즐겁도록 순수하게 새 길 가면 싶다.

말없이 깨우고 또 깨우는 정신이 내 삶에 충만할 때 황홀한 행복이 열리고, 그것을 받는 만큼 지혜가 트여 난 더 위대해지는 법일세. 몸이 따뜻하고 눈이 맑게, 영혼이 넓게 열릴 때라야 느낌은 그 길을 열 것이다. 하늘을 여는 불이 될 것이다.

크고 넓은 맘으로 살 때 기쁨이 돋듯, 현실에서 더욱 맑고 따뜻하고 진실한 것들을 찾길 바란다. 현실에서 더욱 맑고 따뜻하고 밝은 길 가도록 힘쓰련다. 그리움 하나 동봉해 보며 오늘도 별의 길 가길 힘쓰고 싶다.

바람 오면 내 잡념과 걱정 근심을 깊이 깨달아 보며 원인을 판단하거나 반성하련다. 하나님께 나의 추악함을 회개하고, 착하고 선한 길 가며 힘쓰련다. 하루 3번 이상 기도하며 살고 싶다. 그만큼 날 살피고 알아 하나님 가까이에 이르련다.

이젠 성실한 생각을 지니고 살아야 할 때가 되었다. 트인 생각의 길을 열고 편안하고 자유로운 길을 가련다. 사소한 생각들은 접고 근심 걱정도 지운 자연인의 길을 가련다. 허상을 초월한 지혜인의 길에 서련다. 내일은 또 맑고 선한 누군가를 볼 수 있으리라.

하늘에 태양을 느끼는 이여! 자존심 때문에 뻔히 손해 보는 줄 알면서도 생고집을 부리는데, 성격이 고탄력이라 고집을 부리면 바른 길에 들지 못하고 문을 닫아 버리는 셈이네!

서로의 감성이 교감하는 것을 한 곡선에서 확인할 때의 기쁨을, 열불 나게 알리고 싶다. 어설픈 감정 따윈 잠자리에 누울 때나 좋은 일 두고 마음의 고통이나 무게는 견뎌 내야지! 주체 못할 그리움이 가슴 속으로 잠겨들고 있다. 마음이 한 선을 타고 트이고 있다.

지혜를 높이도록 공부하고 책 읽고 세상 보며 깨닫고 싶다. 선한 하나님의 한 자녀이고 싶다. 세상에서 깨끗한 도구되고 싶다.

사람은 얼마나 오래 사느냐보다, 오늘 현재의 시간을 얼마나 복되게 두고 인생을 값지게 사느냐가 중요하다. 세상일에 휘둘린 심사가 아닌, 남다른 기능을 높여서 긍정적이며 적극적인 삶을 누리고 싶다. 단아하고 깨끗한 모습 지니고 싶다.

밝고 환한 길 가고 싶다. 깨끗하고 선하고 편안한 길 가고 싶다. 오직 하나님만 의지하고 밝게 말씀과 뜻대로 살고 싶다.

새벽길

새벽 기도를 마치고 나온 직후라 더욱 상쾌함을 느낀다. 거리엔 희붐한 기운이 열린다. 기운이 들썩인다. 곧 희망 편에 선 빛이 밝아오리라.

새벽길엔 자기 희망을 열므로 새벽을 깨우는 맘 되고 싶다. 무엇이나 이루려는 활기가 넘치고, 분주하고 보람찬 하루를 살기 위해 신자의 깨끗한 길을 연다. 목적을 성취키 위함이

바빠진다. 보통 사람들이 잠에서 깨어나지 않은 시간이다.

인력시장에 나온 사람만이 분주한 시간일지나 약속된 곳에 도착한 것은 일곱 시였다. 주어진 일은 철근 운반과 철근 피복두께를 유지함이었다. 시내의 평상이 훤히 눈에 들어왔다. 한 건물 위에서 시작된 노동이었다. 오늘 집에선 "등산을 간다."했으니 노동일인 줄 모른다. 늦으면 걱정되리라. 땀 흘리며 힘겹게 일하는 진한 막노동 현장이었다.

난 왜 여기까지 왔나? 지난날들이 주마등 같이 슬픔이 왔다. 비애의 아픔도 열렸다. 철저한 개인 노력이 없을 땐, 삶은 고단할 수밖에 없다. 큰 기쁨과 평안을 누릴 수 없다. 잘못 걸어온 길에 고통이 따르기 마련인 이 진리를 몸소 경험하고 있었다. 참 별난 상황이었다.

산다는 것은 자신과의 전쟁이다. 자기 삶과의 투쟁이다. 어떤 생각으로 어떻게 사느냐에 따라 생의 길이 다르다. 이를 아는 사람은 자기 삶을 위해 힘쓴다. 이를 위해 더 큰 생각을 두고 새 길을 열어

가야 한다. 성실히 자신의 삶을 개척해야 한다. 선하고 맑고 깨끗하고 신실하도록 바른 길 가야 한다.

손에 물집 터지고 입에 쉰내가 돋도록 힘겨운 막노동의 삶! 그 삶을 경험함도 개척의 길이다. 전진의 길이다. 사람들은 보통 힘들고 어려운 일은 피하려고만 한다. 피곤한 삶이요, 힘겨운 일이기 때문이다. 그러나 큰 뜻과 깊은 생각을 둔 사람들은 힘들고 어려워도 힘쓰고 노력하며 온전함에 이르도록 힘쓰려 한다.

힘겨운 일이라도 기쁨과 즐거움 많으면 얼마나 좋으랴! 때론 일자리를 구할 수 없어 생을 걱정하지 않는가? 산을 넘고 바다를 건너고 들을 지나며, 첩첩산중도 넘는 이 고달파도 이김은 즐거운 삶이다. 아무리 땀 흘리고 성실히 살아도 생각이 어떠냐가 문제다. 생각은 편안하고 자연스러움을 느끼는 만큼 행복이 있다.

한때는 걸어온 길이 너무 험하고 무거웠다. 직장을 잃은 탓이었다. 언제나 바쁜 꿀벌처럼 자기 길을 간 사람들을 생각해 본다. 그 길은 어떠했던가.

자기 책임의 완수와 생계를 해결할 중압감에 아파하는 이들, 그들에게 힘찬 응원을 보내고 싶다. 더욱 힘내시라고, 이겨 내시라고 말하고 싶다.

내 삶을 위해서도 하루의 시작을 밝게 연다. 어렵고 힘겨운 이들의 하루가 새로워지고 밝아지면 좋겠다. 더 밝고 맑고 환한 하루가 열리도록 힘쓰면 싶다. 희망이 열려 기쁨이 넘치는 날 되면 좋겠다. 늘 힘차고 넉넉한 맘을 지녀, 맑고 환한 길 가면 싶다. 안에 즐거움이 가득한 정신으로 살며 기쁨 누리면 싶다.

늘 하나님을 믿고 의지함으로 함께하면 좋겠다. 하나님 뜻 안에 살아, 행복하고 고운 사랑을 두고 싶다. 늘 바른 길 가고 싶다.

새롭게 오는 봄에

맑고 포근함이 열린 봄날이었다. 봄의 빛깔과 향기와 기운이 곧게 스며들었다. 신선한 추격, 심장의 두근거림, 생각이 깨는 새로움이었다. 새 감각이 섬세한 자극과 감각을 몰아왔다. 새로움이 나를 들뜨게 했다. 꿈꾸던 길이 환히 열렸다.

꽃이 피고 새싹이 돋고 목련이 피었다 진다. 벚꽃이 피고 명자나무도 꽃으로 제 이름을 연다. 성숙한 길 가게 한다. 은은하고 청초한 느낌이 있어 "아가씨나무, 보춘화, 신당화"라 불리는 관목이다. 여성을 닮은 듯해 아가씨나무라 한 모양이다.

꽃들은 예쁘고 아름답다. 꽃은 흰색, 분홍색, 붉은색이 있다. 빨갛고 노란색도 있다. 보춘화 관목에 있는 가시는 스스로를 보호하는 것 같다. 이를 곱게 여겨 분재로 키우는 이들도 있다. 꽃은 잎보다 먼저 혹은 동시에 피는데, 암꽃과 수꽃은 따로 핀다.

사람을 생각해 본다. 꽃같이 아름다운 삶을 살면 좋겠다. 사람은 누구나 생각하기에 따라 다르다. 자기 자랑만 앞세운 이는 언젠가는 무너지거나 지워지지만, 겸손하고 말없이 곱게 사는 이는 언젠가는 사랑과 인정을 받는다. 바른 삶 되도록 힘써야 한다.

관청의 공사 관리로 파견된 곳에서였다. 출근 시 운동을 겸하느라면 길 걷기를 시작한 덕에 힘이 돌았다. 직선이 아닌 곡선이요, 수평이 아닌 오르내림이었다. 빠른 걸음만 둘 순 없었다. 깨닫고 느끼는 만큼 새로워지고 노력하고 힘쓰는 만큼 새 빛이 열린다.

사람의 길은 얼마나 진실하고 성실하느냐에 따라 다르다. 큰 빛이 돋고 높은 곳에 이를 수 있도록 힘써야 한다. 오직 하늘의 길 가도록 힘쓰며, 선하고 깨끗하고 아름다운 삶 되도록 힘쓰고 싶다. 깨끗하고 밝은 길 가도록 힘쓰고 싶다.

그날도 걸어 야산을 걸음으로 걷는 시간이 길어졌다. 나를 이기려 힘쓰며, 별나게 숙소 뒤편의 야산을 넘어 하천을 건넌 후, 한 초등학교 옆에 이르렀을 때였다. 갑자기 예쁜 꽃들이 풍성함이 느껴졌다. 무더기로 핀 빨간 꽃들이었다. 몇 분간 그 꽃들을 살폈다. 봄날에 무더기로 핀 고운 꽃들을 본다.

몇 분간 그 꽃들을 살폈다. 한 도시에 살적엔 이 꽃들이 좋아 집 앞 건물 옆에 한 그루의 작은 나무를 심은 적이 있다. 순수하고 선하고 고운 이들이 마냥 추악하지 않은 삶 살도록 순수하면 좋겠다. 자기 생은 자신이 만듦을 알면 좋겠다.

젊은 날엔 그랬다. 야산엔 봄꽃들이 피고, 돋는 새싹들이 봄을 충분히 알렸다. 쑥과 냉이, 이름 모를 작은 초목들을 보며 봄같이 마음의 봄도 피어나야 함을 느꼈다. 봄이 왔건만, 여유 없어 자연에 들지 못함이 답답했다.

삶에는 발전적 변화가 필요하다. 요즘엔 이웃의 배려와 관심이 부족함을 느낀다. 내 두뇌도 잘못되어 있음을 안다. 세상 모든 일에 완벽하고, 모든 일을 다 아는 이가 있으랴. 그래도 바른 길 가려 애쓰는 것은 복되고 크고 귀한 일이다.

봄은 늘 새롭게 온다. 따뜻하고 싱그럽게 온다. 봄을 닮고 싶다. 봄을 닮아 남을 탓하거나 비판치 않도록 힘을 쓰련다. 애쓰고 노력하련다. 곱고 따뜻한 봄이 오는 만큼 나도 새롭게 자연을 닮아 가며 편안함과 기쁨과 즐거움 두고 싶다. 깨어 있어 느낌과 감동과 새로움을 맛보고 싶다.

연연함 없이, 갈 사람은 가라- 하고 올 이는 오라 하자. 자연으로 흐르며, 허튼 아픔 없이 나를 깨우고 싶다. 봄을 품듯 새롭고 싶다. 밝고 환한 길 가도록 순수하고 깨끗한 맘 두고 싶다.

하늘만 바라며 하나님 보시기에 아름다운 복된 길 가고 싶다. 선하고 신실한 길 가고 싶다.

발행을 꿈꾸며

친하길 원하는 이들이 치악산 등산을 원했다. 산에 오름은 가을을 만끽하자는 의미였다. 현재 내가 살고 있는 곳과 가까운 터라 편히 받지만, 조금은 염려되는 일이었다. 아픈 다리가 나았지만, 보조를 맞춰야 함은 부담이었다.

서울 지역에서 오는 이들이라, 불편치 않게 도와야 함을 느꼈다. 힘들어도 그냥 응하기로 했다. 나를 시험대에 올린 셈이다. 견디고 이기면 편한 걸음이 될지 모른다. 그리하여 결국 미리 밤마다 걷고 뛰며 몸을 풀었다. 기쁜 일이었다.

그 후에 또 한 건의 가벼운 등산이 열렸다. 순전히 산 숲을 감상하고 느끼기 위한 산행이었다. 뜬 만월을 보고, 벌레 소리도 들을 수 있었다. 산행을 통해 좋은 감성을 누리고 있었다.

친구들과 오른 산길엔 새로운 것, 특별한 것, 독창적인 뜻 체험도 누리고 있었다. 그런 체험의 묘미는 늘 멋지고 곱고 아름다워야 한다. 경험 후에 새 느낌을 말하게 되리라.

새로운 길은 늘 가슴이 뛰게 한다. 새 경험은 영혼을 한 걸음 더 높은 곳으로 인도한다. 그래서 다리 힘을 기르기 위해 야간 산행도 감행했던 것이다. 수통골에서 옥녀봉을 오른 것이다.

야간 산행의 맛은 경험해 본 이들만 안다. 그 맛과 멋이 별나 얼마나 소소하고 감미로운지! 다시 그 맛을 갈마들여 느낌을 깨워 보고 싶다. 야간 산행은 늘 고요하고 신비롭게 마음을 연다. 별난 환경을 느끼게 한다.

하지만 추하고 악한 이가 있다면 아픔도 있을 수 있으니 고려해야 한다. 특히 여성들은 이를 알고 깨달아야 한다. 품고 이해해야 한다. 혼자 오를 길은 아님을 명심해야 한다.

삶의 길은 사람들의 정신에 따라 다르다. 남에게 피해 주고 자기만 누리는 이들은 언젠가는 그 값이 자기에게 돋움을 알아야 한다. 깨닫고 변해야 한다. 추하고 악하기보다 깨끗하고 밝고 선한 길 가야 한다. 그 깨달음을 편안히 지니고 살면 싶다. 거기에 달빛 돋는 기쁨과 하늘의 사랑도 있음을 알면 싶다.

자연은 그의 도, 그의 법칙에 순응하여 조요히 빛을 발한다. 산길을 오르노라면 비쳐드는 빛들이 길을 밝히고, 어둠 빛 속에 환한 길을 가면 가슴에 젖어드는 풀벌레들의 소리가 애잔하고 청아하기만 하다.

아름답고 복되게 오르는 길은 참으로 고요하고 신비롭다. 혼자가 되어 보는 길은 많은 생각을 갖게 하고 자기 생각에 쉽게 빠져들게 한다. 행함은 깊이 살펴야 한다.

산 정상에 오르면 도시의 야경이 아름답게 비친다. 낮과는 달리 바라보는 느낌이 색다르다. 산길을 오르니 운동도 되고 새로운 느낌도 온다. 하늘을 보면 달·별빛이 밝다. 그 빛들에 빠져들면 마음이 새롭다. 기쁨이 있고 놀라움이 있다. 자연이 청정한 곳일수록 큰 느낌이 돋아 새 길을 열게 한다.

밝게 살자. 모든 아픔과 고통, 고난, 슬픔을 초월한 맘을 지니고 오직 하늘을 보며 살련다. 높고 큰길을 깨달으련다. 늘 믿음의 길을 가련다. 말없이 조용히 살련다. 다만 하늘 가까이 가도록 뜻있게 살고 싶다.

자연의 길에서

열린 창을 통하여 맑은 바람이 내 방으로 밀려든다. 상쾌하고 시원한 바람이다. 찾지 않아도 가을이 오고 있다는 증거다. 집 떠난 마을에 잠자릴 둔 지 어언 1개월이다.

별 떨기의 두런대는 소리와 천사들의 옷자락 스치는 소리가 들리기도 한다. 밝고 환한 깨달음이 열리기도 한다. 하늘과 달과 별들이와 내내 감성을 들추고 있다. 고독이 한껏 나를 껴안기도 하는 덕명동의 밤은 이제 편히 쉬려는 듯 아늑한 고요를 베고 눕는다.

그 고요는 이제 나를 깊은 명상으로 이끌어 가 더 나은 길을 찾게하고, 나를 불러 산책길에 나서게도 한다. 여기서 나는 어린 날의 고향 길을 회상하거나 걷고픈 길을 다시 살피게 한다. 이제 잠자리에 돌아가야겠다. 밤늦은 시간에 집에 이르러 할 일도 하고 잠자야하리라.

곧 잠자는 숙소에 이르렀다. 문 닫고 책 읽기를 시작해 귀한 지식을 안에 두려고 기록하는 때였다. 컹컹컹- 갑자기 개가 짖어댄다. 늦은 밤에, 단숨에 고요를 깨는 개소리가 크다.

잠든 이들도 깨울 상황이다. 난 깨어 있는 시간이라 그 소릴 편히들을 수 있으나, 수면에 들었다 깬 이들은 울화통 날 참 별난 일이다. 개를 달래거나 다스리는 소린 들리지 않는다. 주인은 잠이 들었거나 관심 밖의 일인가 보다.

개소리는 한참 이어지다 잦아든다. 개소리가 끊김으로 겨우 조용한 밤이 된다. 결국 조용해지니 편안하다. 이젠 나도 잠들고픈 시간이다. 편히 잠들고 싶다. 그리하여, 날이 밝아오는 대로 새로운 일들을 만들리라. 밝은 광명이 나를 열어 밝게 눈뜨게 하는 그 하루를 열리라.

자연이 쉽게 열리는 마을, 초록의 이름들이 풍성한 마을이라 난 또 언젠가 돌아갈 땅을 생각해 본다. 시골의 정취를 듬뿍 안은 자연이 초록인 곳에 이르고 싶다. 맑고 깨끗하며 조용하고 고운 곳에서, 성실한 삶으로 거짓 없이 살고 싶다.

세상 어떤 일에도 흔들림 없이 나아가련다. 마냥 편안하고 허한 형식 없는 마음 지닌 길을 가련다. 그 어떤 벽도 틀도 없는 진실하고 선한 마음으로 살련다.

이 일은 혼자 계속하되 큰 추억을 만드는 여행길 되어야 하리라. 편한 소풍 길 되어야 하리라. 그 길 가도록 힘써야 한다. 새로움을 만나기 위해 또 다른 전진을 꿈꾸며 여행길 가고 싶다.

그대가 어찌 표현하고 행하든 그대가 내 소중한 인물임을 알고 어려움 없이 살리라. 마음을 다하며 살리라. 늘 즐겁고 넉넉한 마음으로 살도록 힘쓰리라. 내 가족과 이웃들은 언제나 행복하도록 힘쓰련다. 나를 죽이고 그들을 감싸고 높이며 배려하고 아끼려 힘쓰련다.

말없이 사랑함만 두련다. 미움·다툼·아픔 없이 살려 힘쓰련다. 기쁨과 즐거움과 편안함만 돋도록 마음 쓰련다. 바르고 선한 행함을 두고 살고 싶다.

복된 길 가도록

사랑이란 그저 선한 마음을 주고 품는 것! 그냥 고운 마음으로 바라
보며 고갤 끄덕이는 일이다. 힘들지 않게 섬기며 "그래요, 옳소, 맞
소, 그렇소-"라고 말함이다. "-구나, -겠지"의 가방을 매는 것이
요, 적당한 자리에 서서 넓고 큰마음을 펴듯 아낌없이 품는 일이다.
그대 또한 선명한 고품격의 영을 지녔기에 우린 튼 말하지 않아도
통하고 있다. 아름답고 멋진 생각들을 지니고 새로운 길을 개척해
가자. 서로의 생각에 매료된 마음을 열어 애써 진정시키면서 기쁘
고 즐거움이 넘치면 싶다.

그 생각이 내 안에서 고운 꽃으로 피어난다. 칭찬과 위로는 의욕을
돋우는 참된 걸음이라, 난 그대의 말로 새 힘을 얻고 싶다. 쉽게 웃
음도 지니고 싶다. 요즈음엔 생각과 말에 따라 사람은 달라진다.
열심과 노력을 둔 겸손하고 진실한 사람은 대단한 인물이다. 사람
은 각기의 특성이 있다. 이를 어떻게 살펴 얼마나 맑고 선하고 깨
끗하게 드러내느냐가 중요하다.

기본 정신이 잘못된 이들은 어느 곳에나 버려선 안 될 것도 버리며
추하고 악한 길을 열어 버린다. 추악함이 많으면 언젠가는 영향과
고난과 고통이 자신에게 이름을 모르기 때문이다. 누구나 깨끗해
야 한다. 현재 잘못된 언어 행함도 언젠가는 자신에 미치는 영향됨
을 알아야 한다. 말도 조심해야 할 사항이다.

풍풍한 마음을 지니련다. 맑고 깨끗한 삶일수록 편안하다. 바른 마
음, 선하고 진실함이 넘치면 싶다. 귀한 신앙인에게도 배우련다.

하나님이 살아 계심을 체험하는 체험담을 계속 지니면 싶다.

심각하게 적극적으로– 진실하고 신실한 마음으로 살펴 열고 긍정적으로 허상을 초월하여 하나님만 바라고 섬기며 살자. 하나님과는 마음과 뜻과 언어도 나누고 싶다. 하나님 기뻐하실 삶 되도록 힘쓰고 싶다. 날 구원하신 하나님께 감사하며 귀하고 곱고 맑고 깨끗한 길 가야 한다. 선하고 바른 길 가야 한다.

예수님은 우리가 형제를 사랑함과 하나 됨을 통해 사람들이 우리를 그리스도인임을 알게 될 것이라고 말씀하셨다. 우리는 홀로 무거운 짐을 지지 않기 위해 선결한 사람들과 연합할 필요가 있다. 우리는 연합을 통해 우리 능력을 키울 수 있다. 하나님은 우리가 혼자 무거운 짐 지도록 창조하진 않으셨다. 우린 연합함으로 예수 그리스도를 위해 더욱 많은 일을 이룰 수 있다.

또한 부부란 서로 돕고 편케 하며 자신은 낮추고 옆지기는 높이는 삶을 살고, 희생·봉사하는 마음으로 선하고 진실한 길을 가야 한다. 삶의 길은 곱고 깨끗하고 맑아야 한다. 미세먼지, 황산을 생각해 보시라! 느끼고 깨달음이 진해지면 싶다. 정이 흐르고 관심과 긍정의 기쁨이 넘치면 싶다.

미움, 다툼, 시기 없이 자신을 살펴 깨끗하고 밝고 선하도록 힘써 할 뜻과 목표에 최선을 다한 열정만 두고 싶다. 이루고자 하는 목표와 꿈에 최선을 다하면 좋겠다. 이 나라의 모든 사람들이 발전적이고 바른 길 가면 싶다. 사람들이 누구나 바른 길 가려 힘쓰며 값진 삶 두면 싶다.

살아 계신 하나님도 알아, 배우고 느끼며 깨끗이 삶으로 이 세상을 떠날 땐 하나님이 인정하셔서 천국에 두면 좋겠다. 정말 하나님 보기에 신실하여 하늘땅에 들면 싶다. 그 바라며 바른 길 가면 싶다.

등산길에 오르며

산과 들의 묘미를 느끼게 하는 계절이다. 자연과 어우러짐을 좋아하는 심중(心中)엔 가을이 짙다. 자꾸만 가슴이 설렌다. 말마다 기쁨이 튀어나올 것만 같다. 맑음이 드러날 것 같다. 자연 숲의 이야기가 터질 것 같다. 내 감성의 깊이 탓이다.

어제는 쓸쓸함에 하루를 단색으로 채우다가, 전날의 산 풍경을 더 볼 양으로 산에 올랐다. 한적한 길이라 여겼다. 사람을 쉽게 만나는 사색에 잠기기 좋은 산이었다. 울창한 숲과 맑게 흐르는 물줄기, 이끼와 풀도 고운 곳이다.

서원주 간현 소금산에 이른 것이다. 출렁다리— 오르내림 걸음 길에 서니 아래에 맑고 깨끗한 냇물이 충만했다. 가족과 올라 체험한 곳, 곱고 아름다운 산과 골짝에는 많은 지역에서 온 사람들이 많았다. 오르내림 길은 일찍이 작업으로 길 돋은 정리된 길이었다.

숲에 취해 걷다 보니 별난 느낌이 왔다. 황혼녘의 조용한 길 좋아함은 인생의 길 같았다. 가로변에 깨끗하고 고운 언덕 드높고 맑은 하늘을 보며 머무는 것도 좋았고, 환한 월하의 길은 더없이 평안을 느끼게 했다. 그 길은 황홀함마저 느끼게 했다.

그런 곳에 머무니 자연이 안에 밀물져 온다. 이 숲의 길가에 얄쌍하고 맵시 있게 하늘대던 수많은 사람들이 새침한 한 아씨의 이미지로 기억에 빛을 놓는다. 갈수록 기억의 색채가 짙어지는 것 같다.

어느새 한 계절의 배경이 된 높고 푸른 서원주의 땅! 이 나라에 금방이라도 아름다운 노래가 들려올 것만 같다. 몰랑(언덕)에 올라 대나무 작대기로 하늘 채를 쑤시면 금세 파란 물보라가 터질 것만 같다. 이 계절이 자꾸 좋아지는 것은 생각의 줄기를 트고 고독함을 깨우기 때문이다. 자기 성찰의 과정을 딛기 어려운 탓이 아닐까? 벗이여, 그리운 사람들이여! 초원의 빛을 둔 느낌이 와 더 진한 마음을 열고 싶다. 마음의 청명함이 나를 채워 간다. 그 빛이 오는 만큼 고독과 외로움을 품는 고결함이 짙다. 창조의 길을 연다. 그리움의 밭을 이룬다.

잘 있느냐- 말하지 않아도 마음에 둔 그리는 사랑이 와 열린다. 보고 싶다. 그대가 그립다. 계절의 기운에 민감한 맘으로 시를 쓰고 그림도 그린다. 삶에 희망의 빛을 돋운다. 그대를 위해 기도하는 맘도 연다.

오늘 하루를 행복하고 뜻있게 살되, 시간의 흐름을 실감하며 보람과 낭만이 있는 풍성한 날들이 되면 싶다. 더욱 삶이 넉넉하며 기쁨이 날마다 새로우면 싶다. 주어진 순간, 순간을 인정하는 삶으로 하늘을 향해 우뚝 선 바른 삶이길 원한다.

차분히 하루하루를 결산하며 실행함을 놓는 길에는 기쁨이 크게 넘치면 좋겠다. 그리하여 "행복하게 살았습니다."주관하면 싶다. 감동과 떨림이 지긋한 삶으로 나를 돋우고 싶다. 빛살 곱게 물오른 자연을 따르며 순결하게 살고 싶다.

지금 느낀 이 그리움을 전하고 싶다. 귀하고 복된 이들과 편히 대화하고 싶다.

—

인생은 어떤 생의 꿈과 소망과 희망을 두느냐에 따라,

맘과 뜻과 길이 다르다.

백지에 기록해 두고, 늘 보고 느끼며 성실한 길 가야 한다.

자신을 만드는 건 자신이다.

지혜, 정신과 생각, 건강을 높이려 힘써야 한다.

기쁨, 즐거움과 편안함 행복, 복된 길 가려 힘써야 한다.

꿈꾸는 삶엔 노력하는 만큼 원하는 일들이 이루어진다.

그 길이 밝고 맑고 깨끗하면 싶다.

행복하고 편하고 즐거우면 싶다.

5부 ____

꿈꾸는
삶으로

젊은이들의 밝은 길 위해

나는 유치원생과, 초등학생들에게 교육하고 싶다. 자기 인생은 자신이 만든다. 크게 느끼라! 알고 깨달아 행하면 언젠가는 위대하고 큰 지성이 열려, 유명한 인물이 된다. 큰 인물이 된다. 밝고 큰길을 열 수 있다.

공부가 중요하므로, 꼭 지식과 공부의 의미를 알고 자기 두뇌에 맞는지 알아야 한다. 지혜를 높여야 한다. 깨달아 이루고 행하도록 힘써야 한다. 복된 사람은 일찍이 자기 재능과 은사가 무엇인지를 알고, 높여 가려 힘쓰는 깨달음이 중요하다. 느끼고 깨달아 그 길을 크게 가야 한다.

또한 지식과 지혜를 높이기 위해선 책도 많이 읽고 배워 깨달아 높은 길 가려 힘써야 한다. 관련된 공부와 성실한 열성도 지녀야 한다. 바르고 선명함을 높여야 한다. 자신의 길은 자신이 만들어 감을 알고 깨달아야 한다.

넓고 크게 생각해 보라! 관련된 상황을 많이 생각해 보라! 알고 느끼고 깨달아, 남다르게 값지고 뜻있게 살아야 한다. 그 길 가도록 힘쓰면 싶다. 공부하라. 배우고 깨달아 내 것이 되게 힘쓰라. 언젠가는 큰 인물이 되고, 위대한 삶을 두게 된다.

젊은 아이여, 깨달으라. 내 삶은 내가 만든다. 바르고 선하게 살며, 하나님 사랑도 받아 복되고 귀하며 값진 삶 되기를 빈다. 지혜와 명철을 높여 남다르게 큰 인물 되면 싶다. 자기 삶은 자기가 만든다.

또한 청년들이여, 네 젊음을 즐거워하리니, 네 청춘의 날을 깨워 스스로 즐겁고 바른 길 되도록 노력하고 힘쓰라! 이를 위해 원하는 목표 두고 열성과 성실함으로 최선을 다하라. 젊은 날에 어찌 사느냐에 따라, 훗날 타인과의 삶을 살펴보면 크고 부족함이 어떠한지를 절실히 느낄 수 있다.

그리고 마음이 원하는 결과 남다르게 열심 두면 큰 기쁨이 온다. 그 삶은 내 정신이요 내 삶이니, 내 눈과 마음에 보이는 대로 큰 지혜를 두어야 한다. 그 지혜를 풍성케 해야 한다. 늘 공부하고 책들을 읽고 깨달아 바르고 선하고 깨끗한 길 가려 힘써야 한다.

교육의 가장 위대한 목적은 자신의 형성에 있다. 남을 배려함 없이 추하고 악하고 더러우며 자기만 잘난 척 살면 잘못된 일이다. 누구에게서나 배울 건 배우고 느낄 건 느끼라.

또한 하나님이 살아 역사하심을 알라. 우리의 말과 행함과 생각도 다 아시는 하나님이다. 깊고 확고한 믿음을 두고 하나님과 가까워지면 남 다른 체험이 온다. 하나님이 살아 계심을 알게 된다. 하나님이 사람의 모든 일을 알고 살펴 이 세상을 떠날 땐 심판하실 줄을 알라!

자기 생은 어떻게 사느냐에 따라 그 결과는 각각 다르다. 나는 언제나 완성보다는 진보를, 나이 든 현실보다는 청소년 때의 맑고 깨끗함을 사랑한다. 깊이 느끼고 깨달으면 싶다.

청함을 입은 자는 많으나 택함을 입은 자는 적다─ 했다. 매력을 지닌 사람으로 살려 힘쓰고, 세상 유행에 휩쓸리지 말고 겸손하게 자신을 꾹꾹 눌러 참고 자중하면서 큰 인물 되면 싶다. 상냥하게 배려 두고 인사하며 밝은 길 가면 얼마나 좋겠는가.

진실한 사람은 고독도 외로움도 고통도 괴로움도 품고 사랑을 위해 이해하며 감싼다 했다. 진짜 곱고 멋지고 예쁜 마음이요 온전한 정신 두고, 귀한 매력이 넘치면 싶다.

현명한 사람은 책을 읽고 사람들에게서도 배우고 생각을 높인다. 영혼에도 맑고 환한 아름다움을 채우려는 노력이 많단다.

사랑이 무어냐고 물을 땐, "난 그냥 그대를 보며 웃지요." 그것이 사랑이라오. 사랑은 내가 주는 것이요.

* * *

젊은이들이여, 어린이들이여!

자기 인생은 자기가 만드는 것. 늘 깨어 있어 밝게 열심을 둔 귀한 삶을 삽시다. 큰길 가도록 신실하게 삽시다.

상경의 길 가도록

건강과 기쁨 충만하기를 빌며 바르고 편한 길 가기만을 빈다. 고독함과 지루함을 버리고 즐거운 마음으로 삶을 누리고 싶다. 영위하면서 기쁨의 길 가면 좋겠다.

매우 어렵고 힘든 환경이 있다 해도, 편안하고 순수토록 힘써 날 바꾸려 힘쓰고 싶다. 말없이 조용히 살고 싶다. 밝고 선함이 무엇보다 먼저 앞서 오르는 것은 복된 일이다. 하나님의 은혜로 승리의 신념을 받고 값지게 살면 좋겠다.

사람이란 살다 보면 울게 되는 일, 괴롭고도 아픈 일에 부딪치는 일도 있겠고, 즐겁고 기쁜 일도 겪게 된다. 될 수만 있다면 슬프고 괴롭고 아픈 일은 속히 잊도록 노력하고, 항상 부드러운 낯으로 기쁘고 즐거운 생활에 이르도록 힘써야 한다.

진실과 솔직함을 전제로 삼는 곱고 바르고 참되고 선한 삶으로 기쁨만 돋우고 싶다. 밝고 구김살 없이 웃는 얼굴로 확고한 신념과 믿음의 길에 서서 용기와 힘을 갖게 기도하 련다. 무슨 일에든지 결코 우는 일 없이 축복과 사랑받는 나날 되면 좋겠다.

밝고 맑게 산다는 기쁨이 있고 열심히 하늘에 뛰어오르는 용기가 주어지기만을 간절히 기원한다. 순수함과 참 아름다움 속에서 복되게 살고 싶다. 참되고 아름답게 살고 싶다.

친근한 이들과도 믿고 의지하고 존경하며 서로 아끼고 위로하고 견디면서 즐겁고 편안하고 행복한 삶만 되면 좋겠다. 희생하고 봉사하며 정성을 다한 길 감이 얼마나 값진가? 현실을 외면하거나 배반

하지 않고 충실하게 사는 것!

돈 없고, 큰길 없어도 울진 않으리라. 가난은 불행이 아니다. 가난을 느끼는 자체가 불행이요, 만족하지 못하는 그 자체가 불행의 요소다. 슬픔이나 아픔은 자신의 생각이다. 모든 것 다 버리고 밝고 맑게 살려 힘쓰련다. 의지와 신념을 다하고 순결하게 살련다.

아파트 생활 중에서

여러 층의 집을 포개 올린 무더기의 증상들- 편리함을 좇아 복되고 편안한 곳이면 싶다. 이웃들에게 피해 주지 않고, 배려하고 감싸는 삶이면 싶다. 남에게 피해나 불편 주지 않게 바른 삶과 배려를 둔 삶이면 싶다.

지혜 없이 낭만도 멋도 자연도 버린 이들도 있다. 타인들이 잠자는 시간 밤 9시 이후면 조용히 살아야 하고 말도 행함도 조용하게 힘써야 하건만, 시끄럽게 말하고 뛰고 달리는 이들도 있다. 청소, 정리도 깨끗해야 한다. 일찍이 행하고 조용해야 할 시간에 배려가 없는 사람 돼선 안 된다.

때로는 아래쪽 베란다에서 피워 올린 담배 연기로 창문을 닫을 수밖에 없고, 2층 위에서 집수리가 한창인지라 뚝딱대며 시끄러움은, 글을 쓰려 해도 생각을 집중할 수가 없었다. 그처럼 남들에게 어려움 없도록 힘씀이 중요하다. 집수리 탓함이 아니다. 때론 필요한 일은 당연히 해야 할 일. 다만 이리 말함은 평소에 이웃들 배려가 필요함을 말한다.

또한 아래층에선 컹컹대는 개소리도 여전하다. 그뿐인가. 두 아이가 층마다 문을 눌러 놓은 것! 버튼을 누르며 섰다. 오르다 반복했다가 집 문을 열게 된 그날의 마음은 또 어떠한가. 끝없이 부딪칠 선전물과 시도 때도 없이 벨 누른 불청객과, 오르내리는 길에도 잡물 두는 사람은 또 어떠한가.

밤 12시쯤! 늦은 시간에 아파트 앞에서 큰 소리로 떠드는 이들도 있다. 배려와 지능이 부족한 탓이다. 새벽에 잠자는 시간이나 밤늦은 시간에도 세탁기 물을 쏟고 쿵쾅대는 부지런한 여자—.

시끄러움의 끝이 없으니, 아파트란 마음에 들지 않는다. 이 일을 알림은 여러 사람이 서로를 배려해 자기 활동을 잘 함이 중요함을 알리기 위함이다. 이웃을 생각하고 공중도덕을 지키며 예절을 아는 사람이면 행동의 시간과 때를 가리며 더욱 조심하고 세심해지리라.

어느 곳이나 이를 생각하고 배려함이 넉넉하면 싶다. 그 소중함을 알고 바른 삶 살면 좋겠다. 그럼으로 스스로 귀하고 밝고 복된 길 가게 된다.

요즘 뜨는 교육과 사회 전반에 한 명의 낙오자나 소외자도 없이 밝게 가려는 정신을 배우면 좋겠다. 유대인의 교육과 탈무드식 생활 방식도 새기면 싶다. 우리도 기초 정신이 올바른 새로운 개척이 필요하다.

어릴 때의 교육이 중요하다. 세밀하고 깊고 큰 것들을 알려 일찍이 지혜와 지식이 높고 크게 하고, 자기 인생은 자신이 이룸을 알게 해야 한다. 예절, 인성 교육, 삶의 법, 꿈과 소망의 노력이 중요하다.

섬세한 변화가 열릴 노력과 교육이 중요하다. 늘 새로운 교육과 깨우고 높이는 길이 열리면 싶다. 변화를 꿈꿔 본다. 매일 그 길을 가면 싶다. 밝고 맑은 길 가며 기쁨 충만한 나라 되면 싶다. 귀하고 아름다운 국민들 되면 싶다.

바른 삶을 위하여

원칙을 떠나 변칙만 난무해선 안 된다. 누군가는 잘못된 권세를 휘두른다. 나쁜 일이 범람하는 사회는 갈수록 어둠의 나락에 빠진다. 바로 된 세상- 명국을 만들기 위한 적극적이고 끊임없는 선함과 맑음과 밝음을 향한 지속적인 계획과 애씀이 있으면 싶다. 노력이 있어 큰 빛 발하면 좋겠다.

목표와 꿈이 없는 곳에 무슨 희망이 있으랴. 열성을 두고 최선을 다하며, 지혜와 명철을 높이도록 공부하고 책 읽고 이웃에게서 듣고 배움도 중요하다. 더욱 새로워짐이 중요하다.

고학력의 젊은이들은 큰길 넘쳐나는데도, 왜 게을러야겠는가. 왜 힘들고 고생스런 곳엔 사람이 부족한가. 잘못된 자의 처벌은 왜 경미하여 같은 사고가 반복되는가. 법과 질서와 본보기는 강해져야 한다. 높여져야 한다.

나는 지금 무슨 일을 하는가? 바르고 위대하고 큰 인물 되도록 낮고 순수하고 겸손한 맘 두고 다만 열성을 두어야 한다. 자랑과 교만 없이 살아야 한다.

가정과 사회가 바로 된 깨끗한 나라가 살 만한 곳이다. 성실하고 진실하고 깨끗하고 선한 이들이 많은 나라는 대국이다. 일반 사람들이 바르게 잘 살아야 돈 쓸 사람이 많아져 경재가 좋아진다. 사람들이 선하고 깨끗하여 법 없어도 살 만한 세상!

처음부터 하나하나 다시 새롭게 시작하는 날. 그때가 속히 오면 좋겠다. 가진 것 없어도 즐거움과 희망이 곳곳에 넘치는 행복한 세상이 그립다. 새롭고 산뜻한 느낌을 놓을 수 있는 힘찬 기운이 끝없는 사회가 되길 바란다.

맑고도 밝은 마음, 순수함이 넘치는 즐거운 사람들 되면 좋겠다. 힘없는 사람들이 보호받고, 그들도 잘 사는 좋은 나라가 되면 싶다. 땀 흘리며 최선을 다하는 성실한 이들이 잘 살면 좋겠다. 그런 사회가 되면 좋겠다. 소외되거나 방관된 사람 없도록 애쓰는 큰길 열리면 싶다.

"핀란드, 독일, 이스라엘, 스위스, 오스트리아"나라 같이, 바른 교육과 정신으로 내 이웃을 사랑하고 공중도덕을 중시하는 좋은 시대가 오면 좋겠다. 서로에게 피해를 주지 않고 배려하고 돕고 사랑하는 좋은 세상이 되면 좋겠다.

그 길을 가기 위하여 미국의 "링컨 대통령"의 삶을 배우고, 관련된 책들도 읽어야 한다. 또한 이 나라의 언어, 글과 말들을 세운 크고 귀한 "세종대왕"을 생각하며 느끼고 깨달아 밝고 큰 삶을 살려 힘쓰면 싶다.

이 나라 대통령을 되길 원하는 사람이나, 정치인 되고픈 이들도 추하고 악한 생각은 버리고, 크고 넓고 깊은 생각과 지혜를 지녀 큰 빛 발하며 영원토록 존경받고 사랑받는 참된 인물 되게 힘써야 한다.

바르고 큰길에 이르도록, 정치인이요, 법인이요, 경찰, 헌병 같은 사람도 깨끗하고 맑고 밝은 길 감으로 사랑을 받아 큰 인물 되면 싶다. 정말 자신을 위해서가 아니라 나랄 위해 힘쓰는 바른 길 가면 싶다.

아픔·고통 없도록 정신과 지혜가 맑아지면 싶다. 그것이 바른 인생 길이요, 바른 삶이다. 국가가 평안하고 행복한 나라 되기 때문이다. 이 책을 읽는 이들이여, 그 진실을 알자. 느끼고 행하면 싶다. 힘써 노력하며 바르게 살자! 또한 남자는 남자요, 여자는 여자다. 다 장점이 있다. 또한 각기 생각의 차이가 있다. 잘못이 아니다.

그날그날 중점을 느끼고 깨닫는 이는 복이 많다. 언제나 삶에 있어 편안과 기쁨과 행복을 두기 원하거든 배려하고 감싸고 이해하며 웃고 살아야 한다. 넓고 큰 정신을 두어야 한다. 그 가정은 행복하다. 정말 곱고 아름다운 곳이다. 힘쓰고 노력하며 색다른 맘 여는 만큼 가정의 소중함을 느낀다.

싸움·다툼 없이, 이해하고 감싸며 행복을 누려야 한다. 편안과 기쁨 즐거움을 누려야 한다. 그 삶 살도록 힘써야 한다.

내겐 꿈이 있다

날마다 현실을 위한 꿈을 돋우어 본다. 큰 날개로 하늘을 훨훨 날고픈 꿈이 있다. 편안하고 즐거우며 행복한 큰 꿈을 지니고 싶다. 순조롭게 열매 맺는 나만의 공간이 마련되면 좋겠다. 그 꿈은 언젠가 꼭 밝게 빛날 것이다.

아담하고 소박한 묘미를 놓고, 청소년과 젊은 부부들을 위한 강좌나, 시화·그림 등의 전시회를 놓고 싶다. 찾아오는 친척, 친구, 지인들께 인생의 멋과, 낭만의 길과, 시골 정취의 맛을 보여 주련다. 진실과 평안도 말하고 싶다. 그 꿈을 두고 작은 텃밭도 가꿔야겠다. 가끔은 인생의 맛과 멋도 이야기하고, 삶의 길을 걸어온 그 기억도 아끼지 않으련다. 그냥 편안하려 힘쓰련다.

겨울에도 추위에만 빠지지 않고 봄인 듯 살련다. 여름날엔 모닥불 앞 와상에 앉아, 이런 저런 일들로 열성을 돋우고 좋은 추억을 만들어 주고 싶다.

터전이 산과 맑은 냇물이 가까이 있는 곳이면 좋겠다. 때론 냇물에 발 담그고 싶다. 맑고 깨끗한 냇물이 그립다. 아직 이루지 못한 계획과 꿈이지만 꼭 이뤄지리라 믿는다.

「꿈은 이루어진다.」 얼마나 힘쓰고 노력하느냐에 달렸다. 꿈이 있는 곳엔 만들며 이뤄야 할 노력이 필요하다. 그 길이 열릴 때면 더 많은 행복이 날 품어 줄 것이다. 힘이 돋고 기쁨이 넘칠 것이다. 속히 그 꿈이 이뤄지길 빌며 오늘도 성실한 삶을 살련다.

독한 것

으스스한 추위가 날 안을 때 그를 힘껏 뿌리쳤어야 했다. 주먹질하고 떠나라 고함치며 이단옆차길 날렸어야 했다. 팀을 이룬 사기꾼 같은 그에게 방심치 말았어야 했다. 그들의 야릇한 미소를 간파했어야 옳았다.

언제 달라붙은 지도 모르게 달라붙었다가, 같은 이불 속도 모자라 내 몸속에 들어와 자릴 펼 줄이야! 목이 간질간질했다. 몸이 왠지 불편해졌다. 시방 그것이 나를 누비며 내 온몸을 탐하나 보다. 훑고 핥고 주무르고 쏘는가 보다.

에이, 용서할 수가 없다. 날 힘들게 하니 꺾어야 한다. 주사를 놓았다. 곧게 주사를 받으니 반전 기운이 번진다. 잠깐 동안의 방심. 손도 발도 잘 씻고 몸도 청결히 했건만, 이것은 어디에 잠복했다가 바람같이 침투했더란 말인가?

콜록 콜록- 힘겹다. 몸을 움직이기 버겁다. 온몸이 전쟁이다. 청군 이겨라, 백군 이겨라. 아니다, 아니다. 내 몸아 이겨라, 위로를 한다. 놈은 버겁게 나를 토막토막, 마디마디 쑤시고 힘들게 했다. 목이 따갑게 토하는 공기의 침이 무겁다.

곳곳에 잠자던 날 지키려는 군사들이 전심전력이다. 점령당 하지 않으려 안의 군사들이 총동원이다. 두 연합군과 엉기는 이의 족들과 패싸움이 한창이다. 쿵쾅대고, 덜컥대며 흔들흔들거린다. 서로의 배려는 없고 자기만 강하려 힘쓴다. 독한 일이다. 때리고 부수고 야단법석- 난리가 난 모양이다.

"이겨라, 이겨라. 몸아, 이겨라. 정신아, 이겨라."

함성 소리, 외침 소리가 끊임없이 터져 나온다. 그 열기가 몸 상판에까지 배어난다. 못된 것들과의 싸움은 쉽게 끝나지 않았다. 그래서 힘든 것이다.

젊은 스무 살적 청춘이었다면 "너 죽고 나 살자"하고 얼음물 속에라도 첨벙 뛰어들었으련만…. 그리하여 물속에 한판승으로 끝내고자 엎치락뒤치락했으련만—.

이제는 다른 방법이 있다. 깨달음도 누리려 새 마음과 새 정신을 돋운다. 무엇이든 성실하게 이룸이 중요하다. 군에서 한때는 커다란 감기와의 싸움으로 한참 동안 힘이 들었다. 시들하고 맥없이 지친 내 군사들이다. 그간 강하게 단련하고 독하지 못한 결과가 날아프게 했다.

건강은 건강할 때 지켜야 한다. 지속적으로 끊임없이 단련하고 운동해야 한다. 알고 깨달아 안에 강한 군대로 채워져야 한다. 하나님만 의지하고 바른 길 가려 힘쓰련다. 이젠, 지원군도 필요하다. 오라. 지원군이여, 오라. 천군천사여, 오라. 하늘의 지원군이여, 내게로 오라. 세상의 귀신, 마귀들을 이기도록 기도하며 오직 하나님만 의지하고 바른 길 가려 힘쓰련다. 하나님 뜻 안에서 기쁨만 누리련다.

아, 독한 더위여

몸의 나른함과 둔함으로 하루가 힘겹다. 헐떡임, 갈증과 피로와 시들함, 열기와 무거움, 둔함이 온다. 자연스러움이 죽은 느낌이다. 여름은 길이를 더하고, 더위는 한껏 기세를 높이고 있다. 타는 더위 속의 힘겨움이 짙어진다.

그래도 온몸으로 뛰며, 땡볕에 노동을 견뎌 땀범벅인 이들이 있다. 자신을 이기려 애쓰는 이들이다. 그들을 생각하면 "여름이 힘겹다"는 건 못난 투정이다. 에어컨, 선풍기도 없이 여름을 견디는 이들도 있잖은가. 이 불볕에 농사로 지친 농민들은 또 어떤가?

숨이 막히게 찌그러진 단칸방의 삶이 아파지는 요즈음이다. 더위와 수해로 고통 받고, 먹지 못해서 비루한- 삶이 말라비틀어진 사람들을 생각해 본다. 독성이 있음을 알고, 마셔선 안 될 줄 알면서도 물을 마실 수밖에 없는 불쌍한 이들을 생각해 본다.

지구의 여러 강과 호수가 마르고, 고비, 사하라 사막은 제 덩치를 키우는가 하면, 섬 주변 해수 밖도 높아지고 있다. 지구의 온도는 매년 상승하고 있다.

독한 더위여, 독하게 넘치는 열기여! 너는 왜 오는가? 물어도 넌 침묵하며 입을 닫는구나. 원망도, 저주도, 분노도 자신의 것이 아니라, 자연은 받는 만큼 되돌려주는 법이라 말하려무나.

세상은 갈수록 악해지고, 거기에 속한 집단의 이기주의에 빠진 죄악과 방종은 어둠 속에 짙어만 간다. 눈여겨보라. 자연의 분노와 울음이 깊어져 폭발적인 아픔이 번져가는 대지는 몸살과 고통을 호소하고 있다. 차마 눈뜨고는 볼 수가 없는 사람의 행위가 '괴물'같은 이형어異形漁를 키우고 있다. 어둠의 덩치를 살찌우고 있다. 그래도 말없이 이해하며 비난 없이 살고 싶다.

어떤 나라에는 산림파괴와 미세먼지가 늘어난 곳이 많다.

숱하게 흙과 환경을 오염시키는 일들…. 너무나 쉽게 버려진 생활 쓰레기로 인해 몸살을 앓는 산과 들과 바다를 눈여겨봐야 한다. 개선되지 않고 변화될 여지도 없는 풍조여! 돈, 권세, 여행, 외모 제일주의인 곳을 생각해 본다.

기본이 바로 된 정직하고 진실하며 온전한 세상이면 싶다. 환경보호 의식을 깨우면 싶다. 자연을 무시하고 얽히고설킨 개발만 부추기진 않을까. 신선함으로 적실 계몽과 철학과 예절, 맑고 귀한 공중도덕의 중요성을 깨우는 교육도 높이면 싶다. 바르고 높은, 깨인 교육일수록 환한 길이 열릴 것 같다.

이웃을 도우며, 몸소 사랑을 실천하면 좋겠다. 바른 삶을 살려 몸부림치며, 말씀과 지식을 삶에 적용하는 괜찮은 양심과 의식, 고운 인품을 지닌 사람도 많아지리라. 걸을 만큼 걷고 아낄 만큼 아끼며 자연을 품으면 좋겠다. 환경보호를 위해 최선을 다하면 싶다

눈물겹도록 귀한 이들이 있어 새 희망을 둔다. 더 밝은 눈을 떠야겠다. 내가 버린 쓰레기, 내가 망친 자연 환경으로 내가 다시 고통받게 됨을 알자! 언젠가 무심코 행한 일들의 결과가 내게로 다시 온다. 자연이 주는 느낌으로 자연스런 생각을 열자. 자연은 주는 만큼 베풀고, 받는 만큼 되돌려줌을 알면 싶다.

* * *

아, 독한 더위여. 그 질김의 사유여.
사람들에게 이 확실한 깨달음을 전하여다오.

자연을 벗 삼아

자연은 다가갈수록 문을 열어 주는 좋은 벗이다. 자라 온 과정을 생각해 봐도 그 생각에는 변함이 없다.

산·들·바다가 내 뜰이요 정원이며 풀장이던 시절이 있었다. 돈 한 푼 들이지 않고도 맘껏 뛰고 달리며 놀던 그 자연의 길은 낙원과 같았다. 별난 느낌이 돋았다. 꾸며진 길이 아닌, 가는 곳마다 새 느낌을 얻을 수 있었던 그 편안한 길을 어찌 잊으랴! 자연은 언제나 내겐 기쁨이요 평안함을 주던 곳이다.

일전 지인들과 야외로 소풍을 갔다. 어쩜 그분들의 초대를 받은 셈이다. 관심과 사랑을 베푼 것이다. "음식 준비는 다 해 가니 몸만 오면 된다." 했다. 그 말에, 그래도 손이 부끄럽지는 말자고 큰 수박 한 통을 사 가자는 안사람의 말에 동의했다. 좋은 발상이라고, 당신답다고 칭찬을 했다.

도착한 그곳은 맑은 물이 흐르는 골짜기였다. 골이 깊고 산이 겹겹인 그곳은 물이 맑고 조용한 곳이었다. 도착 즉시 함께한 사람들을 위해 냇물에 징검다리를 놓았다. 그 다리가 흔들림 없고 편하도록 정성을 다했다. 미세한 움직임도 없는 견고함이 느껴졌다. 작업을 위해 발 디딘 물속은 차가웠다. 물살이 센 터라 발 딛는 이들을 손잡고 물건도 옮겨 주었다.

다음은 머물 자릴 만들어야 했다. 돗자리를 깔 자릴 정리하고, 평평한 돌을 골라 앉을 자릴 마련했다. 한 분이 "모시지 않았음 우린 어쩔 뻔했냐" 한다. 기쁨을 준다.

곧 준비해 온 음식이 차려졌다. 음식을 서로 권하고 마음을 전하는 즐거운 자리가 되었다. 마음이 포근했다. 편하게 대화들이 오갔다. 식사 후, 뒷자릴 깨끗이 청소하고 운동 삼아 길을 걸었다. 천여 평의 뜰에 나무와 돌로 조경한 집도 있었다. 연못, 수석, 흙벽돌집을 살피며 또 한 번 시야를 넓혔다.

그곳을 뒤로하고 이백여 미터를 걸어갔다. 냇물 가까운 곳에 화가의 집이 있었다. 허름한 옷차림에 뜰을 손질하고 있는 그분께 "집 구경이 가능한가."의사를 타진했다. 그는 즉시 승인했다.

"괜찮다."한 그분은 주인인 김 화백이었다. 오목조목 가꾸어진 정원과 하얀 연꽃이 핀 연못을 지나서 그분이 안내하는 화실에 이르렀다. 그림이 많았다. "가르치며 작품 활동을 한다." 했다.

수묵화들이 펼쳐진 전시관에 들어섰다. 설명을 들으며 그분의 비법이 새겨진 그림을 감상했다. 호랑이 그림과 눈 내리는 풍경은 멋진 작품이었다. 그의 열정을 보노라니 나도 더 분발해야겠다는 생각을 했다. 세필로 그린 노인의 한 얼굴에서 파란만장한 인생을 읽는다.

"차 한 잔 하고 가라."는 김 화백부부께 감사해하며 집을 나섰다. "다시 한 번 찾겠다."는 인사를 남기고 걸음을 옮겼다. 딴 길로 간 일행 넷을 생각해서였다.

그들을 찾아 그들을 다시 만났다. 자연스럽게 대화함으로 참 편안하고 즐거운 하루였다. 서로가 기쁘고 즐겁도록 농담하니 웃기만 했다.

그리운 그대에게

빛의 속도로 와서 거북이의 걸음으로 문 여는 사람이 있다. 오랜 기억 속에 담긴 사람이다. 주마등이 켜지는 길을 걸어가며 주변 풍경을 하나씩 보듬어 보듯이 안에 두고픈 추억들! 그 기억의 바다가 펼쳐지고 있다. 따뜻함이 있는 길이다. 포근함이 있는 곳이다.

내가 준 관심보다도, 더 따뜻한 관심을 보인 좋은 사람들– 때론 힘을 돋워 주고, 예쁜 기억을 남겼는가 하면, 귀여움과 애교로 가슴 풍성케 했다. 기쁨과 행복을 가져다준 사람들이다.

세상엔 갈수록 호감 가는 사람과 그렇지 못한 사람도 있다. 호감이 간다는 건 뜻이 통하고 매력적이며 생각의 공통점이 많이 있음을 의미한다. 내 자랑보다 그를 칭찬하는 말들! 호감 가는 이의 삶 속엔 맑고 곱고 아름다운 일이 많다. 드러내려 하지 않아도 드러나는 숨은 메시지가 있다. 따뜻한 마음과 지혜로움, 풍성한 사랑, 겸손한 배려가 있다. 신비한 매력이 있다. 그 길 감이 중요하다.

내 기억 속엔 잊지 못할 사람 여럿이 있다. 존경스런 스승, 형들, 좋은 친구, 귀엽고 예쁜 후배들, 참된 믿음의 빛과 소금이 된 성도들, 사랑으로 가슴 떨리게 하는 가족들, 알 수 없는 묘한 느낌을 주던 여인들이 있다.

오래도록 기억 속에 두고픈 존경스럽고 사랑스런 이들이다. 아직 닫히지 않는 내 그리움엔 상큼한 바람이 나풀거린다. 그 바람이, 가벼운 날의 꽃동산 같이 나를 행복하게 한다.

만날 수 없는 그리움이 짙으면 짙을수록 가슴에 둔 생각은 애잔한 물결을 이루듯이, 문득문득 전해지는 아픔 또한 날 흔들어 힘겹게 할 때가 있다. 마음에 둔 고운 인연이 끊겨 아픔이 이는 슬픈 날이 있다. 외로움과 쓸쓸함이다. 무서운 고독이 임함이다.

어렵고 힘들고 불편할수록 누군가가 생각나듯이, 만날 수 없는데 절절함으로 오는 사람이 있다면 어찌 독한 설움과 버거운 아픔을 감출 수가 있으랴! 기억해 주길 원했고, 만나길 원했으며 긴 인연이 되길 원한 마음과는 달리 쉬 끝나 버린 그 아쉬움이 어찌 녹녹하랴. 순숙[*] 한 마음을 지닌, 순전純全함으로 웃고 싶다. 순적함으로 다가서고 싶다. 가슴 밑바닥에 흐르는 자연적인 마음을 부추겨 길을 트고, 삶 속에 진실과 인정을 쌓아 신행信行의 이름이면 좋겠다. 고품격의 인품을 지녀 맑음이 빛나면 좋겠다. 위하여 더욱 나를 갈고닦아야 하리라.

그리운 사람들께 전할 이야기가 전개될 화실을 두고 싶다. 생각들을 전할 공간을 꾸미고 싶다. 그 기획을 꿈꾸고 설계하고 준비하고 현실화하려다.

그리운 사람들이여! 그때는 그대들을 오게 하고, 화려하고 거창치 않은 잔치를 열리라. 들뜸으로 웃을 수 있고, 편안함으로 자연을 노래할 그날이 속히 오면 좋겠다. 우주에 남길 작품이 되도록, 전심전력으로 최선을 다하여— 나를 쏟아부을 그날을 만나고 싶다. 겸손하고 순수하게 기쁨 누리는 값진 길 가고 싶다.

* 순숙: 불순함이 없이 깨끗함. 순진하고 정숙함.

지난날을 회상하며

살며 곁에 두고픈 편한 이가 있는가 하면, 접할수록 힘들어 가까이 두고 싶지 않는 이가 있다. 무엇보다 거짓을 일삼는 것을 받아들일 수가 없다. 무조건 자기가 제일이란 말을 받을 수가 없다. 남에 대한 배려가 전혀 없는 이를 받아들일 수가 없다.

자신을 대단한 인물로 보이려 자랑하려 할 뿐, 자기 잘못을 알지도 느끼지도 못한다. 관심과 배려도 없다. 자기가 할 일인지 남이 할 일인지도 모르는 답답한 이가 있다. 고통과 아픔, 고난의 원인도 모르는 사람이다.

자신은 타인에게 어떤 모습일까! 남을 힘들고 어렵게 해선 안 된다. 나는 어떤가? 나를 돌아보아 살피고 깨닫는 시간을 가져 본다. 더러는 쉬운 말로, 더러는 경솔함을 보인 적도 있다. 더러는 고통과 아픔을 준 이를 향해 쏟아 놓은 말도 있다. 배려나 세심함이 없는 표현도 있다. 예의 없고, 겸손치 못해 교만한 일들. 자랑하며 남보다 낮게

여기는 경만함은 두지 말자. 거짓된 일은 두지 말자. 경솔하게 행함은 아픔으로 온다. 깊고 큰맘을 둬야 한다. 낮게 엎드려 무릎 꿇고 죄악을 회개하는 사람이 되자. 미움과 다툼과 시기, 무지함을 두고 깨끗한 척 가면을 쓰는 일은 또 얼마나 답답하고 무서운가?

어렵고 힘든 이에겐 배려와 도움이 있어야 한다. 선행은 자랑치 말고 은밀히 행해야 한다. 아무도 모르게 행하고 그 행함을 드러내지 않음이 좋다. 조심스럽게, 따뜻하고 정감 있게 자신을 길들임이 좋다.

조금씩 나아지고 발전해 가야 한다. 그 끝은 모르나 새롭게 숙성함을 옷 입고 싶다. 지혜롭고 현명한 삶을 살고 싶다. 그 일을 위해 몸부림치는 노력이 필요하다. 진정 세심한 변화를 위한 노력이 있어야겠다.

더 겸손해야겠다. 욱함을 버려야겠다. 말없이 가만히 조용히 나를 바꿔 가야겠다. 그런데 아프고 힘들고 어려운 일을 만나 스트레스받을 때가 있다. 마음을 풀어 보려 애를 써 본다. 그러나 너무 힘들 땐 두뇌에 나쁜 영향이 돋는다. 왜 이럴까. 울고 싶다.

다시 나를 편하게 단련시키고 싶다. 추한 모든 일을 버리고 자연 속에서 운동하고 싶다. 힘들고 고단해도 마음만은 편안하고 싶다. 오직 하늘만 바라며 편안하고 즐겁고 깨끗한 삶 살고 싶다. 거짓 없이 욕심 없이 살고 싶다. 순수하게 살고 싶다. 그 누구도 미워하지 않고 조용히 살고 싶다. 하고픈 일을 행하며 없는 듯 살고 싶다.

멋지고 아름답게 살도록

쿨하고 상큼하고 넉넉하게 날 품고 아끼고 기뻐하는 이들이 애교 넘치는 길 가길 바란다. 미움과 고통과 분노 없이, 슬픔과 아픔, 소박함과 쓸쓸함, 외로움과 불평이 아닌 따뜻함과 정겨움과 관심과 사랑만 둔 친근함만 넘치면 좋겠다.

꿈과 뜻을 이룸과 건강과 밝음과 선함과 용서와 화해, 훤히 트인 길과 질주가 넘치면 싶다. 푸름이 가득한 꿈과 낭만과 멋과 아름다움과 진실과 정직과 기쁨과 맑음과 풍성한 열매가 가득하면 싶다.

밝은 소망이 활기차게 다가와 정겹게 팔짱을 끼고, 신혼의 기쁨 같이 달콤하면 좋겠다. 계획하고 바라는 일들이 끝내는 다 이루어지고 그 충만한 열매는 빛 되고 별이 되면 싶다. 고품격의 삶으로 더 큰길을 열어 밝은 길 가고 싶다.

가치 있고 위대한 것에의 소망! 추하고 때 묻고 저질적이며 이기적인 길을 벗어나, 깊고 큰 생각 두고 깊이 느끼는 섬세한 배려가 있으면 좋겠다. 새롭게 지니는 이전보다 더 큰 사랑, 더 큰 마음, 더 큰 꿈과 기쁨과 즐거움 둔 멋진 삶 되면 싶다.

웃음을 편히 지니고 세상 위엔 큰 하늘이 있음을 알고, 밝은 나날 되면 싶다. 하나님 말씀과 뜻대로 살아 참된 지혜인이 되도록 살며, 깨끗하고 순결한 길 가고 싶다. 웃음을 기쁨으로 담고, 사람의 큰 생각이 있음을 알고 살며 송구영신 예배를 드리고 싶다. 지은 죄를 회개하며 밝고 조용한 길 가려 힘쓰련다.

금년이 커다란 빛과 환희와 명작으로 채워지는 뜻깊은 해 되기를 빈다. 영혼이 깨어 있어 더 달콤하고 오묘하며 맑고 밝고 환하게 나를 깨우기를 소원한다.

허한 죄가 아닌, 큰 사랑으로 가슴 따뜻하면 싶다. 육의 욕망을 초월한 깨끗한 삶으로 날 채우길 간구한다. 그 길 감으로 기쁨이 충만하면 싶다. 구구절절이 열린 글은 마음을 적시는 감동으로 펴지면 싶다. 따뜻하면 좋겠다. 순결한 삶 되면 좋겠다.

* * *

그래요, 연연함보다 자유를 누리되 사적인 것은 스쳐도 편히 지나시구려. 그것이 마음 편하고 스트레스를 안 받는 길이며 구속에서 자유를 얻는 길입니다. 오직 주고받는 맘에 젖어, 행복하고 즐거웠음 싶어요. 넓은 길 열리면 싶어요.

작가란 그럽다. 자기 생각과 지혜와 지식을 열며, 상상의 폭은 넓되 진실하고 솔직하여 넉넉한 길 가길 원합니다. 개성으로 살되 가슴을 드러내는 아픔과 쓸쓸함과 허전함이 많다는구려! 언제나 까불대도 좋고 마음의 위로와 기쁨과 즐거움을 찾아 웃으려 힘씁니다. 행복하고 찬란하며 강물에 햇빛이 비추어 반짝이는 윤슬의 아름다움을 품는 한 해가 되면 싶어요. 그 길을 가며 깨닫고 느끼면 좋겠습니다. 기쁨이 활짝 열리면 좋겠습니다.

바른 길 가도록 힘쓰고 싶습니다. 늘 복된 삶 되면 싶습니다.

확고한 신앙의 길 가며

하나님은 살아 역사하신다. 하나님 말씀과 뜻대로 사는 것이 가장 중요한 일이다.

신앙의 길 가는 중, 체험 신앙이 있어 하나님이 살아 계심을 알고 바르게 살려 힘썼다. 바르고 옳은 길 갈수록 삶의 길엔 하나님이 역사하신다. 하나님을 의지하고 살므로, 신실한 믿음에 큰 빛을 여신다.

무엇보다 선하고 깨끗하고 밝은 길 가고 싶다. 진심으로 영영히 주님만 의지하며 밝게 살고 싶다. 체험 신앙의 일이 많아지길 원한다. 마음이 청결하고 깨끗하도록 기도하며 하나님이 원하시는 선한 길만 가고 싶다.

하나님께서는 내 말과 행함과 생각까지도 알고 계신다. 무슨 일이나 배우고 느끼고 깨달아 바른 길 가고 싶다. 지혜롭고 선한 길을 찾아 더 큰 지혜를 얻고 큰맘 발하고 싶다. 하나님 안에서 기쁘고 즐겁고 바른 삶 살면 싶다.

세상의 삶은 언젠가는 끝난다. 그럼으로 바른 삶 살아, 하나님이 보시기에 아름다워 천국에 이르면 싶다. 하나님이 원하시고 뜻하시는 길만 친히 가면 좋겠다.

난 바르게 살려 힘쓰기는 하나, 생각도 행함도 부족하고 연약하여 실수하고 죄 짓는 경우도 있다. 더 깊고 고운 마음으로 사랑을 행치 못한 둔함과 죄악도 있다. 무슨 일을 행하 든 하나님이 알고 계심에 내 죄악을 회개하며 용서해 주시길 빈다.

언제나 바르고 선하게 살면 하나님이 기뻐하시리라! 남들에 대한 배려와 예의, 긍정을 둔 맘으로 이웃들에게도 기쁨을 전하는 바른 삶이면 싶다. 편히 응답하고 쉽게 해결할 일이 많아 웃음도 흥하면 싶다. 착하고 선한 길 가며, 하나님 보시기에 고운 삶이면 싶다.

잘사는 길— 돈 벌며 우상화되고 몸 터지게 몰려드는 기현상이어선 안 된다. 나만 잘 살면 되고, 나만 편하면 되고, 나만 잘 되면 된다는 생각이 팽배해선 안 된다. 그만큼 이웃을 배려함이 없어지기 때문이다. 그것이 결국은 나를 슬프게 한다.

극단의 길을 향해 치닫는 달음질이어선 안 된다. 밀짚모자 눌러쓰고 괭이와 삽을 벗 삼아 텃밭 하나 가꾸며, 나의 밭을 개척하며 창조된 작품 속에 자연과 어울린 풋풋하고 소박한 걸음을 딛고 싶다. 깨끗한 길을 열고 싶다.

참된 풍경, 거룩한 담화와 성실성, 능동적인 길 가고 싶다. 경건한 인성을 신중히 살펴서 욕망과 경향과 유혹을 초월해 감동이 명백한 하나님의 뜻과 말씀을 비추는 빛을 느끼련다.

날 미워하는 이 있거든 선을 행하며, 늘 지혜롭고 인상 깊게 살고 싶다. 친절 배품과 바른 정신과 기쁨으로 지혜를 두고 슬픔이나 아픔도 기쁨으로 변하게 힘쓰련다. 고상하고 영원한 관심을 두고, 명상과 기도와 하나님 말씀을 배워 바른 삶 살려 힘쓰련다.

세상일들을 벗어 버리고 오직 하나님만 바라며 살고 싶다. 깨끗하고 밝고 선한 길 가려고 힘쓰고 싶다. 세상을 다 벗고 조용히 살고 싶다.

오직 하나님만 의지하고 세상 끝날 때까지 바른 믿음 속에 하나님이 기뻐하실 깨끗하고 선한 삶 살고 싶다. 바른 믿음의 길 가려 힘쓰며 살아 계신 하나님과 함께하는 복된 길이고 싶다.

그 누구도 미워하거나 싫어하지 않고, 아끼고 감싸고 배려하며 말 줄여 조용히 살고 싶다. 근심 걱정은 다 버리고, 늘 깨어 옳고 바른 길만 가고 싶다. 하나님이 함께하실 바른 생명의 길 가면 좋겠다. 가까이엔 날 감싸고 돕고 사랑하는 이들도 많다. 더욱 깨끗하고 맑고 선한 길 가도록 힘써야겠다. 그 길 가도록 기도하고 회개하며 새로워지면 싶다.

"하나님 아버지, 오늘도 지키시고 인도하사 복된 길 가게 하심을 감사합니다. 늘 함께하시고 사랑하심을 감사합니다."

하나님은 넓고 크게 살아 계신다. 진실과 역사와 사랑 두고 모든 것 감싸고 행하신다. 이를 알고 의지함에 늘 웃고 노력하고 힘쓰며 크고 맑은 일들이 있어 행복하다. 하나님이 도우심이다. 하나님께서 주신 재능과 은사를 꽃피우려 힘쓴다. 하나님이 함께하심이 너무도 기쁘고 즐겁다.

* * *

하나님!

제 부족함 죄, 실수도 다 용서하시고 늘 주안에 바른 길 가도록 도와주옵소서!

감사드리며 오늘도 예배드리겠습니다.

한 인연 속에서

생의 먼 거리를 걸어왔다. 피곤하고 고단한 길이다. 숙명처럼 가고 이르는 길, 때로는 어긋나기도 하고 더러는 예상치 못한 미로를 열어 놓기도 했다.

신선하되 약간은 쌀쌀한 바람으로 인하여 곁에 온 계절을 가늠하면서, 정해진 자리에 발을 두었다. 비로소 또 하나의 안정을 찾고 편안한 공간을 확보한 후에야, 얼마간 내 삶을 엮어 갈 현실을 직시한 것이다. 여기서 오직 나만의 시간이 되는 조용한 시간을 지닌다.

열린 창밖 문틈에서 쓰르라미가 운다. 새롭게 또 창문을 열고 들어와 마음 가득 아픈 닻을 놓고 있다. 당연히 빈자리가 커지고 거기 뻥 뚫린 구멍이 든다. 깨달음이 와서 또 다른 기억의 문을 열고 있다.

"숫자 이상 없지?"

한 분의 갑작스런 물음에 머릿속이 하얘진다.

"무슨 숫자야?"

순간 밝아 오는 그 숫자의 개념이 돋았다.

"어- 그들."

에코처럼 답하는 고운 아씨의 말에, 난 한마디 더 사고를 튼다. 깊은 배려가 부족함이다.

그대는 울다가도 웃음이 돋게 할 인물이다. 늘 상상을 펴고 현실을 보면, 일찍 만남의 과정이 없었기에 맺히지 못했다. 그래서 결실도 없다는 생각이 든다. 무에서 무리수를 창조하고 상상의 나래에 자연을 벗하고 보면, 그 무리수를 관리하긴 어려워진다.

숫자를 헤아리는 일도 참 중요하다. 흥복의 길 가는 아이들 인 양 줄 세워 옷과 옷을 기워야 할 판이다. 그러면 잃어버릴 염려도, 숫자를 헤아릴 복잡함도 순간에 해결될 것이다. 그러나 넓고 큰 정신을 둬야 한다.

이쯤에서 상황 전개는 편안함으로 빠진다. 아직 계속되는 진행 상황에도 변화를 두고 싶다. 하나의 이야기가 또 스멀거린다. 일상 구상에 앞서 한 얘기가 토막으로 기록되고 있다. 어떤 이가 주는 영감으로 인하여, 기록되는 일들이 돌아서 쓰러 했던 또 하나의 소설과 연계될 듯싶다. 이미 이 이야기들은 하나의 한 맥을 이룬다. 부분적으로 써 놓은 이야기와 접목되는 것이다. 그 이야기가 기발해진다.

아씨는 내 영혼을 깨우고 내 문학을 자극하는 인물이다. 언젠가 한 번쯤 꼭 만나고 싶어 했던, 날 깨우고 날 더 큰 높은 경지로 이끌어 갈 깨달음과 느낌을 주는 사람이었다. 연인 같은 친구요, 오누이 같은 동무인- 그대를 만나고 싶다.

자신도 모르게 나의 영감을 깨워 주고 도움을 주는 그가 고맙다. 참 좋은 벗이다. 최선의 길을 가며 서로가 죄악에 빠지지 않도록 깨우치고, 깨끗하고 선하게 대화하는 그 지혜가 아름답다. 믿음 안에 바로 선 우린 주님의 자녀다.

그리고 믿음 안에서 진정한 팬이 되어 주는 사람! 그랬다. 영원히 기억에 남을 좋은 친구 되어, 확실한 결론을 연 크고 값진 길을 쉽게 나누면 싶다.

또한, 흔히 일어나는 세상의 흔한 실수를 범치 말자고 한다. 잘못된 감정 자체가 끝이라는 결론을 말해 놓고, 우린 더 힘써 이해하고 통하는 친구 되길 원한다. 멀리 살고 있어 비록 만남은 멀지라도 언어의 길은 귀하고 높은 곳을 향해 가고 있다.

고맙다. 진정 고맙다. 그의 말처럼 우린 친구이니까. 팬과 작가로 만나야 할 좋은 벗이니까. 언제나 하나님 안에서 바른 길 가며 행복하길 빈다. 기쁘고 즐겁고 편안한 삶 되기만을 기도한다.

* * *

하나님 말씀 순종하여 그 생명 길 갑시다.
하나님만 의지하며 바르고 기쁘게 살려 힘씁시다.

새 길을 가려네

주신 말씀을 기쁨으로 받습니다. 나를 채우는 일은 일생을 통하여 이루어야 할 일입니다. 걷고 뛰고 달리며 인내하는 세밀한 준비 과정을 거쳐 열심히 그리고 성실히 하나님 뜻대로 살다 보면 언젠가는 삶이 끝나 하늘에 이르겠지요. 천국이나 지옥, 확 트인 바다나 들판일 수도 있고 산 정상의 꼭짓점일 수도 있겠군요.

쓸쓸하고 외진 길을 걷다가 결국 바꿔야 할 길임을 알았습니다. 안 순간, 더 깊은 생각과 배려를 두고 큰길을 통할 생각을 했습니다. 그리하여 성경찬양을 노래하는 성자처럼 깨달음이나 변화가 있기를 소원했습니다. 또한 말하고 싶습니다.

누구에게나 슬픔보다 기쁨을 돋게 하고 마지막 날에 이르기 전까지 붉게 태울 열정으로 살아갈 수 있다면 얼마나 좋고 기쁠까요. 삶이 곱고 맑고 풍성했으면 좋겠습니다. 추하고 악함 없이 깨끗하고 선하고 겸손하면 싶습니다.

쓸쓸함이나 비감한 감정 같은 것들을 버리기 위해 편히 넉넉한 마음을 두고 간섭 없이 살고 싶습니다. 말없이 웃는 나날, 조용히 살며 훨훨 날갯짓하고 싶습니다. 자연과 친하게 살며 고통·아픔 없이 길 가고 싶습니다.

자연과 친한 사람치고 악한 사람 없다는데- 선한 마음은 늘 믿음과 자연으로 인해 다져져 있었으리란 생각이 듭니다. 이젠 내 생의 길에 맑고 밝은 생각을 틔우고 어떤 분의 고운 말처럼 남을 분석함 없이 편히 감싸고 싶습니다.

정신엔 창작 불을 피우고 말없이 조용히 길 가렵니다. 선하고 깨끗하고 겸손한 삶 되도록 힘쓰고 싶습니다.

구경하는 사람, 동떨어져 앉아 바른 길만 가는 사람! 각기의 모습과 삶 대로를 다 인정하고 뜻과 의견이 달라도 "그래, 그럴 수 있어."라고 인정해 줄 수 있는 그런 편안함을 두고 싶습니다. 이 세상에의 사람들 마음이 다 그래서 일상의 이야기도 하고 사랑을 두고 묻고 답하기도 하면 좋겠습니다.

그런데 나도 모르는 새 부족한 말도 많으니 이를 어쩌죠? 허물 품으심에 고마움을 표하며 감사합니다. 새롭게 새 길 가도록 힘쓰는 마음입니다. 허함 없이 참되고 바른 길 가고 싶습니다.

늘 편안한 길 가며 맑고 깨끗한 마음으로 사랑을 둔 삶이면 얼마나 좋을까요. 맑고 깨끗함이 얼마나 좋은지요. 더구나 사랑을 나눔에 있어 기쁨이 넘칩니다.

시집 속에 자릴 펴고 형식의 틀, 초인의 삶, 그리움 같은 맘 같은 것들로 기쁜 길을 가고 싶네요. 뜻있는 한해가 되도록 살려 기도해야겠습니다.

깨닫는 이여, 기쁨 두소서! 언제나 깨어 있어 편안하고 행복하길 바랍니다.

오는 해 가는 해

오는 년은 올지라도, 가는 년은 갈지라도 늘 흔들리고 빠질 필요는 없다. 삶에 한 획을 그어 놓고, 나는 이쪽, 너는 저쪽 나누길 했을 뿐이니, 가는 해가 아쉽다고 섭섭할 것도 없고 오는 해가 좋다고 발버둥 칠 이유도 없다.

이년이 그년이요, 그년이 이년인 것을. 이해와 그해 사이 자기 선을 그은 시간은 오직 하나로 이어진 똑같은 인생의 연줄인 것을 알리라. 다만 오늘 현재의 시간을 값지게 살자! 나눔보다 오늘 하루를 어떻게 사느냐가 중요함을 알련다.

무엇을 그리 요란을 떨고 끼리끼리 뭉치지 못해 안달할 것인가. 이이 저이 다 물어봐도 남이 하는 만큼 나도 한다는 요상함이 별나다 싶을 뿐이다. 에라! 모르겠다. 힘써 변하여 복되고 깨끗토록 힘쓰련다.

자기 방식이 맞다는 이에겐 긍정 두고 편히 감싸며 웃음만 두고 싶다. 알려 줌과 함께하자는 건 참 고맙다. 다만 종용하거나 강요치 말기를 바란다. 죽자 살자 나를 못 보아 안달 나는 것도 아닌 걸. 무릎을 꿇고 또 꿇어 비오니 시간을 옥 되게 야단법석을 떨지 말기를 바란다. 때가 때인 만큼 분위기를 따라 흐름도 좋다- 인정하겠으나, 나는 나요 너는 너인 것을 인정하며 살자.

교제는 평소 주고받는 관심과 배려가 소중할 뿐이다. 평소 연락도 대화도 없다가, 결혼, 부모 서거 때만 오라 하면 되겠는가. 난 그곳에 가지 않으련다. 지금은 몸도 두뇌도 건강치 못하니 오가기도 힘들기 때문이다.

난 자녀, 인척의 결혼과 부모의 서거와 부모 형제 사망에도 인척들과 평소에 정이 오간 꼭 와야 할 사람만 오시라 했다. 누구나 오갈 수는 없기 때문이다. 언젠가는 또 갈 일이 생기면 가야하기 때문이다. 돈 문제가 아니라 품고 품을 연성이 중요하다.

현실 속에서 편안한 삶을 살고 싶다. 시간을 좀 더 섬세히 느끼며, 더욱 뜻있고 값지게 살면 좋겠다. 그 길 가려 힘쓰련다. 멀리 집을 떠나 바쁜 직장 업무 탓에 오갈 시간도 없었다. 만날 사람도 쉽게 만나지 못하니 답답했다.

사람마다 뜻과 생각이 다르다. 느끼고 깨달아 바른 길 가려 힘쓰며 살련다. 어떤 이들의 노래 가사처럼, 복되고 곱고 기쁘고 즐겁다는 것을 알아야겠다. 잘못된 길 가면 왕따 당할 것을 뻔히 알면서도, 독한 내일을 꿈꾸는 별난 인간 돼선 안 되리라.

이웃이 추하고 악한가? 하하하– 그래도 괜찮다. 바르게 자기 길을 가는 이는 항상 휩쓸리거나 망설이진 않는다. 눈치 보는 일 없이 누가 뭐라 해도 자기 삶을 산다. 인정받고 돈 벌기 위함이 아니요, 둔 형식이 아니다. 거짓 없도록 힘쓰며 남에게 피해 주지 않고 바르게 살면 그뿐이다. 내 삶은 내 운명이다. 표현 자체를 그냥 웃으며 받으시길 빈다.

오는 해와 가는 해를 한 발로 딛고 싶다.

＊ ＊ ＊

잘못된 표현이 있으면 용서하소서. 그대가 기쁜 나쁘게 할 의도는 없었습니다. 다만 배울 건 배우고 깨달을 건 깨닫고 느낄 건 느끼기를 바랄 뿐입니다.

읽을 때 감성이 다름은 생각이 다름 같이, 언제나 만사형통하시고 건강하시길 빕니다. 늘 재미있고 기쁘며 즐겁게 살길 빕니다.

그리움이 또 한 그리움이여

내 가슴이 울렁인다. 그 떨림은 신선한 충격 같이 바람을 일으켜 구석구석 나를 연다. 날 살펴 추함과 부족함을 깨닫는다. 누구나 만나게 되면 깊고 선한 마음 두고 껴안아 보자!

소설이나 드라마의 한 대사 같이 미묘한 떨림이 열려 큰 지혜를 트면 좋겠다. 시미치를 떼거나 돌아앉아 시침 띠우고 등을 보인 장난 같다. 가로 세로 대각선으로 스며드는 감미로움 같이 언제 봐도 열릴 뭉클한 기쁨을 전하는 이는 또 다른 기쁨을 준다.

시편에도 빛을 드러내 가슴 여는가 하면 심호흡을 두는 가운데 시원함을 몰고 복된 길 가면 싶다. 크고 값진 길이 무엇인지 내게 묻는다. 그리움이 부풀고 익어서 주체 못할 폭발 직전의 상태에 이르렀을 때에나 별이 떠 깨끗한 빛으로 세상을 비추는 법이다. 그 길을 알자!

선선한 가을바람으로 내 열정을 누리고 나를 돋우련다. 눈보라로 씻을 영혼인 양 그대에게 가는 길을 묻는다. 정연하고 순수한 길을 택해야겠다.

그리워 더욱더 감미롭고 마음이 트이는 사랑 같이 그대는 그때 내게로 와서 내 휘파람이 되리라. 맑은 노래가 되리라. 시의 시어들이 되리라. 나는 오늘도 나를 인내한다. 터질 듯한 내 빛을 안에 둔 채로—.

가슴 떨림이 진할수록 곱고 아름다운 날개 돋듯 내 삶의 모든 이야기가 사랑이거나 감쌈과 배려, 보고픔과 그리움이면 싶다. 꿈꾸는 사람에겐 언제나 희망과 기쁨이 오는 법이다. 하나님께서 주시는 사랑이다. 하나님께서 날 살피심이다. 늘 사랑을 주고 희망을 품는 날들! 그날들은 언제나 즐거움이 넘치길 바란다.

인생에 깊은 지혜와 명철이 돋우면 좋겠다. 활활 날며 현실 속에 기쁨 열리도록 차분히 노력하고 싶다. 이 가슴이 뜨거워져 하얀 구름이 꽃핀다.

불혹의 고개에 올라선 느낌은 어떠했던가. 친구의 인척이라 너무 어려워지지 말기를 바란다.

조심 않는 듯 자연스런 모습을 둔 길에서도 마음은 정성과 배려와 사랑 배품을 두고, 맑은 정을 베풀고 싶다. 눈치 보지 말고 늘 편안하시길 바란다. 맑고 바른 정신이 얼마나 좋은 것인지! 뜻있는 한 해가 되도록 건강하고 복되며 아름답고 멋진 길 가는 한 해가 되기를 기도하는 마음이다.

시집 속에도 자릴 펴고 형식의 틀, 선인의 삶 열리면 싶다. 사는 동안 멋지고 아름답게 날갯짓하며 살되, 누구에게도 교만치 않도록 말없이 겸손하게 살면 좋겠다.

금년엔 딴전을 피운 탓인지 두뇌도 힘겹고 건강도 편하지 않은 일이 있어, 운동하며 두뇌 여는 날들이 되길 원한다. 운동하고 크게 몸 다루길 바란다.

컨디션 문제도 약간은 영향을 미치고 있다. 그리하여 금년엔 값없이 지나지 않도록 노력하고, 기도하고 회개하며 살련다. 소망을 성취토록 힘쓰는 나날이면 싶다.

책 읽고 지식과 지혜 높여 깨어나면 좋겠다. 사람이 하루하루 계획하고 이뤄 나가고 큰길 가기 위해선 책 읽고 공부(평생: 취미, 어학, 밝고 값진 인물, 선한 길 가도록)하고 날 행복케 하는 비결임을 알아 행하면 싶다.

돌이켜 보면 가정이란, 하나님이 주신 사람을 만나 사는 삶이므로 남들보다 아름답고 멋지게 살도록 힘쓰고 싶다. 가족은 서로 아끼고 배려하고 감싸고 품고 살아야 한다. 늘 잘못도 부족함도 이해하고 감싸 사랑이 풍성해야 한다. 늘 믿고 의지하고 이해해야 한다. 그 길 가련다.

어떤 이들은 이해하기보다 자기 뜻에 맞춰 주기만 원함으로 자꾸 뜸 서리만 커지더이다. 추악하면 서로만 힘들어진다. 힘 돋워 주면 서로 힘이 생긴다는 것! 이해받기보다 이해하고 사랑받기보다 사랑하는 것이 오히려 값지고 편하다는 것을 안 순간, 칭찬하고 이해하고 상대 의 기를 살리는 노력을 습성화해 보자.

스스로의 발전을 위해 노력하면서 사소한 일에는 마음 넓게 가지자는 생각! 그것이 오히려 행복한 길을 여는 듯하다.

더욱 바른 길 가려 힘쓰련다. 늘 깨어 있어 선하고 즐거운 길 가려 힘쓰련다. 오직 하나님만 의지하고 바라며 말씀과 뜻대로 살도록 힘써 하나님이 기뻐하시도록 사랑 둔 길 되도록 힘쓰련다. 기도하며 말씀 배우며 바르게 살려 힘쓰련다.

행복을 위한 사랑을 두고

인간의 삶은 누구나 다르다. 같을 순 없다. 그 삶을 만드는 건 자기 자신이다. 어떻게 해야 높고 고귀한 차원 되고 색다를까. 자기 삶을 어떻게 사느냐가 중요하다.

행복한 삶이 있는가 하면 불행한 삶도 있다. 나를 알 수 없으나 삶의 끝은 정해져 있다. 그러므로 오늘 현재의 삶이 가장 중요하다. 누구나 사람이 하는 일에 따라 내일의 삶은 달라진다. 편하고 즐겁고 기쁘고 행복하며 복된 삶을 살면 싶다.

나를 만드는 건 결국 나 자신이다. 내 운명, 인생은 타인이 대신할 수 없다. 문제를 지닌 부분은 생각과 마음을 바꿔야 변한다. 너무 깊고 짙은 생각에 빠져 힘쓰기보다 편안한 삶을 살아야 한다.

목표를 둔 곳을 향한 자기 주관과 노력은 중요하나, 느끼고 듣고 깨달아 내 힘이 곱게 돋게 해야 한다. 남이 지니지 않은 색다른 기술이나 재능을 생각해 보라. 그 길을 가 보 자. 하나님이 주신 재능과 은사 속에 기쁨 두고 그 길 열며 바른 길 가야 한다.

좋은 쪽으로 긍정적으로 생각을 둔 사람은 항상 기쁨 누리고 삶이 밝게 달라진다. 관심받기를 원하기보다 남들이 스스로 느껴 가까워짐이 중요하다. 스스로 노력하는 일은 자신을 갈고닦는 일이다. 사랑하는 모습도 각기 다르나, 사람의 영혼이 융화된 노래를 부를 때 기쁘고 즐겁다. 짧게라도 풍성한 대활 지녀야 하고 표하는 사랑이 있어야 한다. 사랑은 자유의 영혼이기 때문이다. 그러므로 본인 당사자는 무엇보다도 자신 관리에 능할 필요가 있다.

이웃을 배반함은 나를 낮추는 것이요 사랑을 거함이다. 우리가 사랑을 이루려면 더욱 노력해야 한다. 추한 마음을 버리고 선하고 깊고 큰마음을 지녀야 한다.

또한 부부 사이엔 비밀이 있어선 안 된다. 열린 마음에 기쁨이 넘쳐야 한다. 서로 간 배려와 희생 봉사를 두고, 사랑받으려면 내 사랑을 베풀어야 한다.

추한 마음을 비우면 쉽게 가벼움이 돋고 편안함이 넘친다. 삶에 욕심 없이 세상을 편안히 살자! 내 욕심대로만 넘칠 곳은 없으니, 세상 끝날 때까지 편히 살고 싶다.

고난과 아픔을 알고 염려하며 위로되기까지 곱게 정이 깊도록 귀한 사람을 아끼고 도와야 한다. 사랑과 존경이 같이 돋도록 힘써 기쁨 누리고 싶다. 그 길을 가련다.

거짓말이 습성화되어 자신들의 이익과 승리를 위해 거짓된 말을 퍼뜨려선 안 된다. 밝고 깨끗한 길 가야 한다. 거짓으로 상대편을 낮추고 꺾으려는 모함, 그 추함을 지녀선 안 된다. 깨어 있어야겠다. 언제나 행복하도록 바른 길 가야겠다. 공부하고 배우며 바른 길만 가려 힘써야겠다.

마음이 통하는 이들은

최고는 아니더라도 최선의 길을 향해 가는 이들이 있다. 새롭게 살고픈 마음이 가슴에서 요동을 친다. 아무것도 걱정 말고 편히 살면 좋겠다. 늘 높고 큰 생각을 지니고 싶다. 온전히 높은 생각을 지니고 배꼽 떨릴 소리를 듣고 싶다.

무슨 일을 하든지 바른 길을 가고 싶다. 잘못된 선을 초월한 이들은 세상 그 무엇에도 연연함 없이 편하고 즐거우며 기쁜 일만을 만끽한다. 그러나 사람과의 관계에서는 자기 생각만 강한 사람을 안에 두지 않는다.

자연스러움에 가장 가까운 편에서 자신의 말과 생각을 누려 친함을 누림이 귀하고 아름답다. 난 그 길을 가고 싶다. 누구도 비난하지 않고, 미워하지도 않고, 부족하고 실수하고 잘못된 것까지도 이해하고 감싸며 편히 가고 싶다. 하하 웃거나 말없이 살고 싶다. 내 자신의 평안과 즐거움을 위해 힘쓰고, 세상일들을 초월한 큰마음을 두고 싶다. 오직 하나님만 의지하며 살고 싶다.

참 힘들고 어렵고 아프고 고단한 한 해도 있었다. 빗긴 화살이요 동떨어진, 열리지 않는 빗장 떨린 길이었다. 몸부림도 한계가 있고 처연한 아픔과 고통도 모질게 옴을 느꼈다. 말없이 아팠다. 자연 깊은 곳에 살고 싶었고 이루지 못한 설움과 질고가 날 아프게 했다. 눈물겨운 길을 걷게 했다.

주변 사람들이 마음 열수록 그들의 말은 너무 쉽고 아팠고, 인격이 없는 이들임을 느꼈다. 더욱 실망과 좌절을 맛본 해였다. 이웃에

대한 값없는 생각만 지닌 이들이었다. 끼리끼리 뭉친 그들로 인해 힘들고 어려웠다. 난 참 별난 생각을 둔다. 결국 그 길을 벗어나야 했다.

구석구석 꿈이 깃들어 희망을 노래할 때를 열었다. 소외되거나 관심 밖에 놓인 등외 인생이 아니라, 한 사람도 낙오되지 않고 더불어 행복한 길로 나아가는 국가나 직장이 되면 싶다. 그런 생각들이 풍성하게 많은 길들 되면 싶다.

자신의 명예와 부와 지위를 위해서만 사는 사람들보다, 밝고 넓은 생각을 지녀서 이웃을 감싸고 편안케 도우려 노력하는 이들이 많아지면 싶다. 비생산적인 생각은 버리고 갈수록 사람들을 돕는 이들이면 싶다. 고단하고 힘들지라도 편히 이기며 살면 좋겠다.

내겐 소유된 땅이 없다. 그래서 더 쓸쓸하고 외롭다. 넉넉함이 부족한 길이다. 그러나 웃고 싶다. 이제 나날이 더욱 성숙하고 크고 맑은 영혼의 길에 이르고 싶다. 죄악은 벗고 정말 하나님이 기뻐하실 확 달라진 진정한 믿음에 거하고 싶다.

사람보다 하나님 앞에 더 가까이 이르고 싶다. 하나님 안에서 기뻐하고 싶다. 언제나 예수님 섬기며 주 안에 깨어 있어 하나님 보시기에 곱고 예쁜 삶이면 싶다. 그 길 가려 힘쓰련다.

영적 연인 되어

함께 서기만 해도 감동 주는, 언어로 타는 기쁨이 날 돕는
크고 귀한 이들이 있다. 살아온 과정에서 느낌과 깨달음 있어 친해
진 이들이다. 배신을 벗어난 애정으로 얼룩진 인성을 느끼며 정을
알았고 힘겹고 어려운 일을 벗어나 평화를 위하여 기쁨을 누린다.
뇌리에 박혀 버린 어떤 일은, 크게 박힘이 되어 다시 풀리지 않고,
또렷이 안에 남아 있다. 그 일로 더 새롭게 밝은 길 가길 원하지만,
그럴수록 더욱 확실히 자리매김 되니 얼마나 좋을까.
그대를 두고, 그대를 알아 갈수록 더 기쁘고 행복했다. 확실히 자
리한 굳건한 사랑, 영혼의 안식을 얻을 수 있다는 것이 얼마나 좋
은지! 마음의 길이 트이고, 거침없이 오갈 수 있는 길이 열려 나는
행복했다. 그대가 내 삶의 연인임이 즐겁기만 한다. 만족과 안식을
두고 기쁨 누리며, 늘 즐거운 삶 되도록 힘을 쓰련다. 서로를 아끼
고 포용하는 삶이 얼마나 기쁠까!
결혼한 부부는 언제나 깨끗해야 한다. 영혼이 통하는 이들은 언제
나 가능한 일이다. 진실이 다시 내 안에서 소릴 지른다. 언제나 값
지고 진실하며 바른 길 갈수록 행복하고 즐겁고 기쁘다.
서로를 느껴, 깊이 감싸고 돕는 이들은 영혼이 잘 교통되고 맘이
통한다. 마음은 아름답고 삶은 행복하다. 서로의 아픔과 울음도 품
어 줄 수 있는 사람들. 당신 앞에 나는 새로운 안식을 누리고 싶다.
영상으로 그대를 안는다. 신앙적으로도 기쁨과 행복에 해당함으로
늘 난 그대가 있어 더 크고 깊은 길 가려 힘쓰련다.

날 알고 날 사랑하며 날 품어 주는 당신! 친구 같고 연인 같은 그대는 더 깊게 사랑하는 법을 앎으로 더욱 귀하여 진실 안에서 묘한 매력을 지니고 있어 더욱 튼 길을 연다. 한 번도 날 무시하지 않았고, 날 부끄럽게 하지 않았음이 고맙다.

"존경하고 사랑한다고 서슴없이 말해 주던 당신은, 참 곱고 애교스러우며, 언제나 귀한 사람 된 그대를 어찌 잊을 수 있고 어찌 아파할 수 있겠어요. 사랑해, 정말 사랑해. 포근하고 예쁜 길 가는 이여! 그대를 만날 수 있었음은 행운이요 기쁨이었어."

지독한 맘의 사랑을 전하며 하나님께 감사드린다. 하나님의 역사요 배려니 참으로 감사드린다. 자기 위주로만 생각하고 권위를 누리는 이들도 있다지만, 난 하나님만 섬기고 의지하며, 마음 깊고 넓은 큰 사람 되도록 힘쓰며 기도하고 싶다. 하나님이 함께하심을 알고 기뻐하고 싶다.

고칠 것은 고쳐져야 하고 남에게 피해 주지 않는 삶이기만 바라고 힘쓰련다. 진실하고 바르게 살려 힘쓰는 것! 그것이 중요하다. 사는 동안엔 잘못과 실수도 있을 수 있고 죄에 빠지는 경우도 있다. 다만 회개하고 하나님의 용서를 빌며, 죄악에 빠지지 않게 힘쓰련다. 잘못된 일을 알아 다시 행치 않도록 힘쓰고 말없이 살며, 조용히 살고 싶다.

타인은 잘못과 실수가 있어도 감싸고 사랑을 베풀면 좋겠다. 아무 말도 없이 조용히 살고 싶다. 늘 달라져야 한다. 밝고 큰길 가도록 힘써야 한다. 그래야 내 정신과 삶은 더욱 크고 아름답고 행복해지리라.

밝은 길 가며 복된 길 가도록 힘쓰고 싶다. 그것이 참된 길이니 누구나 그 길 가길 바란다. 특히 젊은이들이 힘쓰고 노력하며, 자기

의 정신을 높이고 깨워서 갈수록 복되고 즐거우며 큰 인물 되면 좋
겠다. 또한 열심히 살아 달라지도록, 공부하고 책 읽고 배워 지식
을 넓히고 지혜를 높여 귀하고 아름답고 큰 인물 되면 싶다.

그리하여 목표 둔 꿈이 이뤄져 명물이 되면 싶다. 이 나라에 위대
한 대통령, 진실한 법인, 참된 정치인, 감리인이나 공무원 되거나,
개인적 큰 인물 되면 싶다. 그리하여, 인생이 특이하고 귀한 인물
되면 좋겠다.

젊은이들이여! 그 길 가도록 힘쓰면 싶다.

이젠 떠날 때가 멀지 않다

아, 나도 유명인인가 보다. 하늘을 목표로 삼는 걸 보면 그렇다. 깨끗하고 바르게 살려 힘쓰지 않으면 괴로움과 고통뿐이다.

사람들의 잘못된 일이 보여도 침묵하자! 틈은 더 큰 간격을 만들 뿐이다. 사소한 일에 시간과 정력을 낭비하는 추함을 범치 말자. 다만 누구나 자기 실력 쌓기에 힘쓰길 빌며 깨달음을 전하고 싶다.

언젠가는 세상을 떠나리라. 너무 날 드러낼 곳도 아니었음에 자신이 편하고 즐겁도록 힘써 바른 길만 가려 힘쓰련다. 내일을 꿈꾸게 하는 그림과 늘 생각을 열게 하는 글들, 많은 시간이 흘러도 곁에 두련다.

참되고 바른 길 가고 싶다. 날렵한 정신으로 살고 싶다. 큰 사색을 달빛에 두고 높이 오르자. 하늘길 여는 노력과 통찰력 두고, 큰 빛 발하도록 살고 싶다.

세상의 삶은 맘먹기에 달렸다. 노력하고 힘쓰는 만큼 크게 달라진다. 그것이 사람의 현상 길이다. 발전의 길 가는 일이다.

하나님이 기뻐하시는 삶! 하나님 뜻대로 살려 힘쓰며 기도하고 감사하고, 잘못은 회개하며 말씀을 새겨 행하려 힘쓰고 싶다. 자랑 없이 겸손히 가야 한다. 진정 귀한 삶 되고 싶다.

하나님만 의지하고 바르게 살련다. 언제나 하나님 사랑 받고 싶다. 하나님 뜻을 지켜 행하고 싶다. 아픔·고통·어려움이 없도록, 조용하고 편안하게 살고 싶다.

이제 통할 만한 사람들도 거의 떠났다. 힘겨움을 딛지도 않으려는 생각이기도 하다. 침묵하려 힘쓰련다. 더 가치 있고 위대한 길을 소망하며 하늘의 길만 가련다. 고독함과 외로움이 있을지라도 철저하게 내 삶을 위해 힘쓰는 걸음을 두고 싶다. 글쟁이로 공부하며 승리의 길 가고 싶다.

맑고 깨끗한 자기 생각을 열어 느낌과 배움을 트는 젊은이들이 많아지면 싶다. 그리하여 나라가 밝고 환해지면 싶다. 새롭게 깨끗하고 편안하며 행복한 나라 되면 좋겠다. 삶이 진실하도록 힘쓰며, 밝은 길 여는 이가 많아지면 싶다. 늘 복된 길 가며 자신을 잘 개척하는 이들이 많아지면 싶다.

사는 인생 빛나게 살고, 기쁨과 성공, 행복 누리면 싶다. 늘 그 길 가면 싶다.

하나님을 만나 뵈오며

하나님의 사랑이 무엇인지 깊이 깨닫고 싶다. "주는 나의 생명 또 나의 힘이라"하셨다. 내 마음의 소원이요 영의 간구는 내 하나님뿐이다. 대화의 끈을 이어 가며 긍정의 고개를 끄덕이고 싶다.

하나님 사랑은 바라만 보아도 기쁘고 편안한 길이다. 가족과도 늘 기도하고 예배드리며 기쁨을 누렸다. 하나님이 함께하시며 참 기쁨과 평안 행복을 누리게 하셨다.

우린 육이 아닌 영혼의 울림이나 전율, 뭉클한 감동을 전할 마음 지녀야 함을 느꼈다. 배려와 관심의 귀함을 느꼈다. 행함과도 어우러진 속 깊은 배려의 달콤함을 느꼈다. 마음을 연 맑게 핀 생각의 선함이었다. 감동이 오고 떨림이 왔다. 하나님이 함께하시는 역사였다.

순수함과 진실함을 두고픈 의도랄까. 사람다운 사람과 진실로 사랑을 주고받음은 행복한 일이듯 하나님 주신 사랑은 공평을 지켜 의를 행하라— 하시고 결국 영혼의 구원받도록 하나님을 믿으라 하신다.

예수 그리스도께서 우리의 죄를 위하여 자기 몸을 십자가에 드리심 같이, 오직 하나님 뜻과 영원할 땐 큰길이 열린다. 믿음은 하나님이 주신 축복이요 사랑과 은혜임을 알므로 늘 하나님 말씀과 뜻 안에 살도록 힘써야겠다.

사랑은 허한 맘 없이 배려하고 감싸며 기쁨을 누릴 일이다. 이웃의 추함, 잘못이 보여도 일편단심으로 기쁨과 즐거움을 주고받는 정신이다. 크고 넓은 맘 지니고 싶다.

순수하고 절실하며 마음을 다한 정을 지닌 이는 곱다. 잘못이나 실수에도 성냄 없이 참고, 하나님만 믿고, 늘 인내하며 베푸는 사랑은 곱다. 그 길을 가고 싶다.

진실하고 밝고 선하며 순박함으로 삶의 길을 가련다. 아무 욕심 없이 편안한 길 가련다. 하나님 보시기에 고운 길 가련다. 마음을 다하련다. 듣고 느끼고 깨달아 지혜로운 정신만 높여 바른 길 가려 힘쓰련다.

잘못과 허함이 있어도 따지지 않고 이해하고 품어 주려 힘쓰련다. 아파함 없이 괴로움 없이 즐겁도록 살련다. 이기고 느끼고 깨달음은 오직 하나님을 의지함뿐이다. 언제나 하나님만 의지하오니 하나님이 함께하시길 빈다.

이 세상을 아끼고 관리하시는 분은 하나님이시다. 우리의 아래에 염소, 젖소, 말, 개가 있고, 그 아래에 모기, 염소거미, 나비, 피리, 개미, 벌, 등이 있고, 그 아래엔 더 작은 것이 있음을 생각해 보라. 사람 위엔 크기를 말할 수 없는 하나님이 계심을 알아야 한다. 하나님은 이 세상을 만드셨고 산, 들, 바다, 하늘의 달, 별, 구름도 관리하신다. 그러므로 우린 추함과 악함을 벗어나 크고 밝고 맑고 깨끗한 길 가며 나를 깨워 달라져야 한다. 하나님이 좋아하시는 사랑의 길을 가야 한다.

* * *

이를 깨닫게 하신 하나님, 감사합니다.
주 안에서 밝고 깨끗하고 바른 길 가게 하옵소서!

길이요 진리요 생면 되신 하나님 아버지, 감사합니다.
언제나 하나님만 의지하며 예수님을 따라 사는 제자가 되게 하옵소서! 늘 기도하며 바른 길 가게 하옵소서.

부활의 길

지독한 울음, 못 박힌 고통을 넘어 크고 높은 곳에 사랑을 두신 이가 우리 죄를 품어 구원의 보혈로 흐르신 후에 하늘에 오르사 내주, 오직 한 생명의 주인이 되셨다. 진리를 따라 맑고 꽃다운 인물로 진실을 피워 기쁨 누리고 싶다.

* * *

벼랑 끝 절망 앞에 추함 되지 않도록 힘쓰며 하늘 바람 만 듭니다. 부활의 산 소망으로 환히 불 밝히고 예수님을 따라 하나님 말씀으로 날 깨우고 바꾸려 힘쓰렵니다. 마침내 천국 나팔소리 울려나는 그 영광의 날을 꿈꾸며 삽니다.

길이요, 진리요 부활의 주로 오신 예수님. 늘 깨어 있어 바르고 선하며 깨끗한 길 가게 도와주옵소서. 전지전능하신 하나님 아버지! 길이요 진리요 생명이신 하나님을 믿음으로 말미암아 은혜로운 하나님의 자녀 됨을 믿습니다. 바르게 살려 힘쓰긴 하나, 때론 부족하고 연약한 길을 감도 느낍니다. 말씀과 뜻대로 살아가야 하는데 생각도 행함도 부족하고 실수하고 죄에 빠지기도 합니다.

잘못된 죄악, 교만, 성급함, 비난 감사하지 못한 추악함, 비난함 등 죄가 있습니다. 지금까지 살리시고 인도하신 하나님께 감사를 드리며, 몸도 두뇌도 정신도 연약하나, 기도하고 회개하며 남은 인생 주님을 향해 바르게 살고자 합니다.

"항상 기뻐하라. 쉬지 말고 기도하라. 범사에 감사하라."하신 그 하나님의 말씀과 뜻대로 살며 바른 길 가기만을 원합니다. 주신 사랑을 기쁨으로 받습니다. 늘 채워 주시는 일로 인생을 통하여 이루어야 할 일을 알겠습니다.

곧고 뛰고 달리며, 인내하는 세밀한 준비 과정을 거쳐 걷고 뛰고 달리며, 인내하는 세밀한 준비 과정을 거쳐 열심히 살면 좋겠습니다. 성실히 인생길을 가다 보면 언젠가는 생의 끝에 이르겠지요. 끝 날이 언제일지 알 순 없으나, 오늘 지금 현재가 중요함을 알고 바르고 선하고 착하게 살려 힘쓰 렵니다.

쓸쓸함이나 비감한 감정 같은 것들을 버린 삶이 진실하고 아름다운 것! 선하고 깨끗하게 살아야겠다는 생각이 듭니다. 신앙인과 바른 아이들 교육을 위해서도 얘기합니다. 잘못되고 부족한 것도 다듬고 감싸며 행복과 사랑과 배려만 충만케 살길 원합니다.

조용히 말없이 살고 싶다

서로 돕고 아끼며, 웃고 지혜를 높여 행복한 길 가면 싶다. 품고 인정하며 따뜻한 마음 전하는 삶이면 싶다.

그때를 알 수 없을 뿐! 누구에게나 정해진 일이다. 그러므로 사는 동안 스스로의 기쁨과 즐거움을 누릴 깨인 삶을 살련다. 오늘 현재 시간을 값지고 복되게 살며, 깨어 편안 행복, 기쁨과 즐거움을 누리면 좋겠다. 오직 하나님만 바라며 살련다.

가족과도 서로 잘 살고 행복해 보자─ 힘쓰며 철저한 자기관리와 발전을 위한 노력이 지속되면 싶다. 서로 간 이해하고 감싸도록 힘쓰면 싶다. 사랑은 받음보다 주는 것이라는 것도 알아야 한다. 주면 줄수록 서로 힘이 생긴다는 것! 누구나 이를 알고 행함이 중요하다. 선한 노력을 지님은 그것이 행복한 길을 여는 힘이다. 자신만 높이려 하거나 이웃을 이해치 못함은 너무나 잘못된 일이다. 자신만 옳다 강조하는 이를 보면 참으로 안타깝고 가슴 아픈 일이다. 자기 생각과 뜻이 잘못됐건만 자신이 옳다며 강하게 강조하는 이가 있다.

이제 난 말없이 조용히 살아야겠다. 그 누구와도 미움·다툼·아픔 두지 않고 오직 하나님만 바라며 조용히 살아야 함을 느낀다. 세상일은 억지로가 아니요, 또한 내 자신만의 생각이 옳은 것도 아니다. 그러므로 내가 옳다 생각되어도 말없이 살고 싶다. 다만 공부하고 준비하는 만큼 길이 열린다.

행복은 좋은 느낌과 깨달음에서 오고, 부부는 서로 맞춰 감으로 더 사랑이 돈독해진다. 세상에서도 날 높이고 내 말만 옳다─ 강조하기보다 겸손하고 낮게 살도록 힘써야 한다. 그 길 감이 편안하고 행복하다.

내 생각과 말이 옳다 하는 만큼 겸손치 못함으로 바보가 되고 미움 당하는 인물이 되고 만다. 말없이 살면 좋겠다. 옳은 일을 다 아는 건 아니다. 누구나 자기가 옳다 여긴다. 그곳에선 진리를 말해도 도움 없다. 결국 내 자신이 나빠진다.

그러므로 그 누구에게도 날 강요하고 싶지 않다. 다만 글 속에선 아는 이는 알고, 바른 것은 감싸고 혹 잘못된 생각이 있다면 이해해 주면 좋겠다. 서로가 밝고 깨끗하도록 노력하는 만큼, 받아야 할 것은 받고 버릴 것은 버리고 받을 것은 받아 편한 길 가면 좋겠다.

난 지금 두려움과 염려로 떨며 아픔을 두기도 한다. 힘들고 고단해도 넉넉한 기쁨 두려고 힘써 왔다. 그런데 하루는 내게 아픔과 고난이 왔다. 내 옳다 여기는 생각을 열었더니 이를 좋다고 감싸는 이가 있는가 하면, 또 이를 싫어하고 반대하고 미워하는 이도 있음을 보았다.

이를 느끼고 안 후 생각이 또 달라졌다. 아, 그 누구에게도 옳은 생각과 말이 있어도 그것은 내 것일 뿐, 받지 못하는 이에겐 꼭 추하고 아프고 잘못된 것이라는 것을 알았으니, 이제는 말없이 조용히 사는 것이 잘된 일임을 느꼈다.

사람은 사람이다. 생각과 지혜는 누구나 다르다. 이젠 오직 하나님만 섬기며 조용히 살고 싶다. 그간 느끼는 만큼 날 가꾸었다. 그 길 가려 힘쓰련다. 다만 편안하고 순수하려면 아무 말 없이 사는 것이 제일 기쁘고 편안한 길임을 느낀다. 그 길 가야겠다.

그 누구와도 이렇다 저렇다 다짐 없이 조용히 살면 싶다. 오직 하나님 말씀과 뜻만 배우려 힘쓰면서 조용히 살고 싶다.

소망 창조의 길

진실하고 겸손함이 복받고 사랑받는 길이다. 말없이 조용히 살고 싶다. 나를 자랑하고 높이려 하는 것은 잘못된 일이다. 겸손하고 낮아질수록 친하고 바른 이에게선 사랑을 받는다. 관심과 배려 즐거움을 얻는다. 솔직하고 명료하며 간절한 길 가고 싶다.

살고 죽음도 내 뜻이 아니다. 하늘나라의 뜻이다. 다만 옳고 바르게 살았느냐 살핀다. 추하고 악하게 살았느냐, 선하고 깨끗하고 신실하게 살았느냐에 따라 다르다. 귀하고 값지고 옳고 바른 삶! 겸손하고 낮춘 인간 되어 스스로를 반성하고 회개하며 변화되어 선한 자성의 길 가면 좋겠다.

나만 옳다는 잘못된 자각에 빠져 바보 돼선 안 된다. 봄, 여름, 가을, 겨울을 다 좋아하고 품듯이 사람들도 누구나 배울 점은 배우고 아낄 점은 아껴야 한다. 내 자신이 겸손치 못하고, 깨닫지 못하고, 교만할 땐 더욱 바보가 된다. 선하고 겸손하면 무엇인가는 꼭 배우는 삶이 열린다.

사람들의 개성은 각기 다르다. 날 양보하고 조화하고 아른하게 남의 말들을 귀담아들어야 한다. 늘 깨달아 진실하고 깨끗하고 선함이 중요하다. 적극적으로 더욱 발전하는 길 가려 힘쓰련다. 생각만해도 가슴 벅찰 생각의 폭을 넓히면 싶다. 남의 것도 내 것인 양 배려하면 좋겠다.

현재의 시간을 멋지게 창조하면 싶다. 하나님이 살아 계시고 역사하심을 느끼고 깨달아, 바르고 착하고 선한 길 가려 힘써야 한다.

겸손과 순수함이 아름답도록 날 바꿔 가고 싶다. 잘못된 일이 보여도 말없이 살아야지! 타인의 비방이나 비난함은 내 잘못이다. 그것도 내 미련함과 부족함이다.

제일 값진 삶은 어떤 삶일까? 책 읽고 공부하고 운동하고 산 오르면 싶다. 독서는 영혼을 깨울 뿐 아니라 매력적인 생각을 높이게 한다. 생각이 깨어 더욱 독서하는 생활 되면 싶다. 밝고 고운 삶과 큰 지혜 두도록 공부하고 책 읽고 싶다.

내 자신이 하고 싶은 일을 행함으로 기쁨 누리면 좋겠다. 새롭게 변하고 발전하려 힘쓰는 것, 편안하고 복된 길 가려 힘쓰는 삶 되면 싶다. 깨끗하고 고요한 분위기를 순조롭게 열고 싶다. 말없이 살고, 성경을 읽고, 하나님 말씀과 뜻을 배워 느끼고 깨달아 깨끗하고 바르게 살려 힘쓰련다.

미움·다툼·시기·질투 없이 곱게 살아야겠다. 오직 애들, 귀한 가족과 친척과 친하고 편토록 힘쓰고 아껴, 이웃과도 꼭 관심과 배려 둔 이들과만 편하게 살고 싶다. 아끼고 배려하고 사랑 두고 싶다.

내 안에 참 깊은 생각에 젖을 교훈을 두고 싶다. 맑은 지성의 노래와 그리움 있어 자연을 벗한 삶 되면 싶다. 떨림이나 두근거림, 설렘과 그리움 보고 둠 같이, 가득한 길 가면 좋겠다. 순수한 영혼에 가까울수록 행복 지수는 높아지리라.

참 의미 심상한 깊은 발전을 두고, 생각이 곱고도 예쁜 길 가길 원한다. 그 길 가면

—

별난 책 되도록 내 시 중 관심이 많아 크게 알려졌거나
귀한 이들이 좋아하는 시 몇 편을 두려 합니다.
첫 시는 블로그에 적어 둔 이들이 많고,
남녀 간 사랑하는 이에게 사랑 고백하며 쓴 이들이 많고,
결혼 시 낭송케 한 이들도 많다고 합니다.
어떤 이들은 집에 기록해 둔 이들도 있는데,
어떤 이들은 저자 이름을 빼놓은 이도 있어
그 실수를 알게 했습니다.
미움이나 다툼이 아닌 알림입니다.

6부 ____

내 시편

그대가 있음으로
-제1 시집에 있음

어떤 이름으로든
그대가 있어 행복하다.

아픔과 그리움이 진할수록
그대의 이름을 생각하면서
별과 바다와 하늘의 이름으로도
그대를 꿈꾼다.

사랑으로 가득 찬 희망 때문에
억새풀의 강함처럼
삶의 의욕도 모두
그대로 인하여 더욱 진해지고
슬픔이라 할 수 있는 눈물조차도
그대가 있어 사치라 한다.

괴로움은 혼자 이기는 연습을 하고
될 수만 있다면
그대 앞에선 언제나
밝은 모습으로 고개를 들고 싶다.

나의 가슴을 채울 수 있는
그대의 언어들
아픔과 비난조차도 싫어하지 않고
그대가 있음으로 오는 것이라면 무엇이나
감당하며 이기는 느낌으로
기쁘게 받아야지!

그대가 있음으로
내 언어가 웃음으로 빛난다.

생명 길에 이르러

생의 끝을 가고 있을 땐
날 위해선
편안한 생각과 개념을 두고
정직하고 진실한 언행만 두려 힘쓰련다.

깊고 고운 생각을 열어
욕심과 교만은 버리고
선하고 바른 맘을 틔우고 싶다.

늘 마음이 깨어
미움 다툼이 없는
배려와 관심과 정성을 두고 싶다.

언젠가 끝날 생을
하루하루 소중히 여겨
선하고 깨끗한 길 가며
편하고 행복하고 신실함만 열련다.

인생길에서

삶은 자기 깨달음에 따라 다르다.
내 삶은 내가 만드는 것이니
우악함은 벗어나
크고 맑은 개척을 둬야 한다.

노력하고 힘쓰는 만큼
원하고 뜻하는 길이 열리고
결국은 행복과 기쁨이 넘친다.

죄악은 내 생을 망친다.
선하고 깨끗케 살며
밝은 길 열어
내 할 일만 최선을 다해야 한다.

언젠가는 떠날 세상
어떻게 사느냐에 따라
내가 평소 알지 못한
하늘 아버지의 택한 생과 멸이 있다.

소년 소녀들에게

명철한 소년(소녀)은
부지런히 공부하고 독서하고
지혜를 열어
인생을 크고 높게 열리라.

어릴 적의 깨달음은
대단하고 커다란 생을 만든다.

그 길 가려 힘쓰는 이는
남다른 생이요
크고 광명한 인간이 되리라.

어리고 젊은이들아
크고 위대한 길 가려면
남다르게 열심히 공부하고 책도 읽고
열심히 자신을 개척하면 좋겠다.

하나님 안에서 살며

언제나 크고 깊은 생각 지녀
하나님 뜻대로 살며
교만과 추함과 악함을 버리고
섬세히 하나님 자녀 되길 힘쓰련다.

깊이 느끼고 깨달아
하나님 보시기에 아름다운
복된 길 가며
참되고 선한 자녀 되고 싶다.

어떤 아픔과 고통 슬픔도 버리고
편하고 즐겁고 행복한
아름다운 삶 되면 싶다.

말없이 살려 힘쓰련다.
하나님만 섬기며
하나님 뜻대로 살려 힘쓰련다.

구원의 빛으로

구원의 빛으로 오사
보혈로 날 씻으시고
영원한 멸망과 고통에서 건지신
그 아픔과 눈물이 얼마나 붉었나이까.

구주 예수 그리스도여
성결함과 생명으로 나를 깨우쳐
성화된 길로
영생의 밝은 길 가게 하소서.

믿어 의에 이르고
날마다, 시시때때로
은총과 다스림으로 함께하소서.

신실히 깨어 있어
오직 주님만 바라는 삶으로
회개의 눈물로 불을 밝히는 삶 두고
하나님 자녀 된 길 가게 하소서.

간구의 길 가며

간절한 기도로 소망을 높이고
살든지 죽든지
주의 뜻 안에 있어 기쁨 넘치게 하소서.

추하고 악한 죄악을 벗고
영혼이 맑도록
늘 말씀에 따라 살게 하소서.

세상의 아픔이 날 때린다 해도
끄덕도 않는 믿음에
다시 더 강하게 돋는 지혜로운 삶으로
정결한 영이 확 열리게 하소서.

각성하는 집념을 두고
주님이 함께하심을 경험하며 놀라게 하소서
살아 계셔 역사하시는
전지전능하신 하나님을 믿고
늘 깨어 감사하며 기뻐하게 하소서.

사랑의 샘터에서

생각만 해도 가슴이 뛰는
정한 사랑을 품고
허한 삶을 달관하며 살고 싶다.

가슴을 열어
옳다 좋다 그렇다- 맞장구치며
청정한 자연 속에서
편안한 삶을 누리고 싶다.

깊은 생각이 바르게 열려
어둠을 초월한
하늘의 길만 열리듯
멋진 인생길을 누리고 싶다.

진정 서로 사랑함에 따뜻하다가
생의 끝에 이르러
고맙고 행복했다 말할 수 있도록
곱게 품은 사랑 두고 싶다.

멋진 여인

고운 여인은 맵시로만 튀지 않는다.
맑은 영혼과 지적 향기
현명함과 덕스러움이 넘치고 겸손하여
고상한 인격을 연다.

자만하거나 작은 것에 연연함 없이
크고 넓고 높은 곳에 나아감으로
삶을 복되게 연다.
교만을 닦고 겸손히 다스린다.

그 여인에겐 매혹적인 향기가 있다.
영 혼 육이 깨끗토록
순결함을 두고 주의 말씀과 뜻대로 살아
하늘의 길을 가면 싶다.

현재가 일생이며 오늘이 최고의 날인 양
신념으로 불 밝히는
큰 지혜를 둠으로
매우 슬기롭고 참으로 현숙한 여인이다.

배필과 함께

마음과 정신과 특성을 살펴
큰맘과 지혜를 높여
하나님의 인도함을 따르면
믿음과 동튼 지혜가 놀랍게 드러난다.

스스로 행할지라도
살피시는 하나님께
순종과 사랑이 어우러진 삶으로
의무와 책임이 바르게 연합되면 싶다.

삶의 길은 오직 하나!
갈수록 자신을 살펴 정이 두터워지는
깨끗한 정신 지녀
서로를 위한 참된 이가 돼야 한다.

정절과 애정으로
사소한 일에도 감사하고 감싸며
관심과 배려를 둔
큰 영적 생활로 정이 짙어야 한다.

이 수필의 절반은 18년 전에 써 두었고
나머지는 2년 전부터 2018년 5월 초인,
지금까지 쓰고 정리한 글들이다.

내 인생의 삶과 믿음과 현실을 고려했다.
나라와 젊은이들도 생각했다.
가까운 이웃들도 고려했다.

요즈음은 독서하는 분들도 많지 않음을 알고
꼭 독서를 행하는 이들에게
깨달음과 느낌과 삶의 길을 전하고 싶었다.

독서하는 분들이 느끼고 깨달아
복된 삶 되면 좋겠다.